Liebevolle Kindererziehung, ganz ohne Schimpfen & Schreien

Harmonische Ansätze zum Erziehen Ihres Kindes und Soforthilfe für die Eltern-Kind-Beziehung

von Katherina Kalkbrenner

1. Auflage

Druck und Auslieferung: Amazon.de / ISBN: 978-3-96899-034-7

Inhaltsverzeichnis

Einleitung

Liebe Mamas und Papas,

im Erziehungsalltag werden Eltern mit den unterschiedlichsten Herausforderungen konfrontiert und sind oftmals hin- und hergerissen, welcher Weg nun der richtige ist. Ein aktueller Trend aus der Kindererziehung, der Müttern und Vätern immer wieder begegnet, ist die Erziehung ohne Schreien und Schimpfen! Klingt schön und sinnvoll, doch funktioniert das auch in der Praxis?

In sehr vielen Familien ist Schimpfen eine feste Erziehungsmaßnahme. Wenn der Nachwuchs etwas angestellt hat oder wieder einmal nicht hören will, dann wird eben geschimpft. Immer wieder ertappen Eltern sich dabei, dass sie sich einfach nicht anders zu helfen wissen.

Doch kann Schimpfen Kindern wirklich schaden? Die Antwort auf diese Fragestellung lautet: ja! Schimpfen und Schreien können einen ähnlichen Effekt wie eine Ohrfeige haben und sehr unerwünschte Nebenwirkungen mit sich bringen. Schimpfen beeinträchtigt das Selbstwertgefühl des Kindes, der Lerneffekt verläuft nicht positiv und die Beziehung zwischen Eltern und Kind wird massiv belastet. Auch Eltern leiden sehr unter dem Ausschimpfen ihrer Kinder und empfinden danach oftmals ein ausgeprägtes Schamgefühl.

Es ist somit unverzichtbar wichtig, dass Eltern ihren Kindern vorleben, wie sich Konflikte auf friedliche Art und Weise lösen lassen. Dazu müssen zunächst einmal die Ursachen für das Schimpfen identifiziert werden. Durch eine richtige Organisation des Familienalltags, Empathie und Achtsamkeit kommen Eltern und Kinder einen entscheidenden Schritt weiter. Mit Klarheit und Verständnis lassen Konflikte sich deutlich effizienter lösen als mit einer hohen Lautstärke.

Auch verschiedene Studien weisen eindeutig darauf hin, dass Schimpfen, Schreien oder sogar Bestrafungen in der Kindererziehung einfach nicht funktionieren. Nichts davon kann Kinder letztlich davon abhalten, verbotene Dinge zu tun.

Wenn wir unsere Kinder dazu bringen möchten, sich richtig zu verhalten und soziale Regeln zu befolgen, müssen wir neue Wege gehen.

Eine Erziehung mit viel Druck, Kontrolle und Strafen ist das, was viele von uns in ihrer eigenen Kindheit erlebt haben. Doch eine autoritäre Erziehung macht aus Kindern oft Individuen, die mit den Herausforderungen unserer Zeit absolut nicht zurechtkommen.

Wir brauchen Kinder, die zu erwachsenen Menschen heranwachsen, die flexibel denken und sich auch mutig immer wieder neuen Herausforderungen stellen. Wir müssen als Mütter und Väter unseren Kindern auf Augenhöhe begegnen und mit ihnen zusammenarbeiten, denn durch Fürsorge, Geduld, Gemeinschaft und Solidarität lassen sich gemeinsam wichtige Werte etablieren. Es kann tatsächlich die Welt verändern, mit einem Kind nicht zu schimpfen, und genau dazu möchte dieses Buch Sie befähigen!

Dieser Erziehungsratgeber möchte Mütter und Väter ermutigen, ihren Erziehungsstil zu hinterfragen. Was stresst Sie im Alltag? In welchen Situationen verlieren Sie die Beherrschung? Was brauchen Sie für einen ausbalancierten Zustand und mehr innere Harmonie? Wie kann es gelingen, Regeln durchzusetzen, ohne zu schimpfen, die Kinder zu bestrafen und zu beschämen? Um das Verhalten zu ändern, müssen wir zunächst einmal verstehen, was in Kindern passiert, wenn wir sie ausschimpfen.

Dieses Buch möchte Ihren Erziehungs- und Familienalltag leichter machen, neue Lösungswege aufzeigen und Hilfestellung geben. So können Sie mit Ihren Kindern in einem lebendigen und bereichernden Austausch bleiben – ein ganzes Leben lang!

Viel Freude beim Lesen!

Wie geht Erziehung eigentlich? – Stile & Methoden

Vor allem junge Eltern werden mit Erziehungstipps nur so überschüttet. Von Eltern, Großeltern, Arbeitskollegen oder aus den Medien strömt eine wahre Flut von guten Ratschlägen ein. Doch wie erzieht man nun ein Kind „richtig"? Soll ein Kind streng erzogen werden und braucht es feste Zügel, oder sollen die Wünsche des Kindes so gut es geht berücksichtigt werden?

Mit welcher Erziehungsmethode kann das Kind denn zu einem selbstbewussten, empathischen und glücklichen Menschen heranwachsen? In jeder Generation haben bestimmte Methoden und Erziehungsstile das elterliche Verhalten gegenüber ihren Kindern geprägt. Vieles hat sich inzwischen stark verändert: Die Prügelstrafe ist heutzutage nicht nur ein absolutes Tabu, sondern sogar eine Straftat, die rechtlich geahndet werden kann.

Die Frage um den richtigen Stil der Kindererziehung konnte bislang noch nicht abschließend geklärt werden. Bis in die 60er Jahre herrschte noch in sehr vielen Familien der autoritäre Erziehungsstil vor. Heute setzt sich mehr und mehr der demokratische Stil durch.

Der autokratische Erziehungsstil

Die Anhänger des autokratischen Erziehungsstils vertreten die Annahme, dass Kinder eine strenge Hand und Erziehung brauchen, denn nur auf dieser Grundlage können sie sich zu anständigen erwachsenen Menschen entwickeln.

Jegliche Eigeninitiativen des Kindes werden unterdrückt. Die kindliche Selbstständigkeit wird durch strenge Verbote und Verhaltensregeln unterbunden. Fehler des Kindes werden hart bestraft, positive Verhaltensweisen hingegen kaum gewürdigt. Bei dieser Erziehungsmethode hat das Kind keine Entscheidungsfreiheiten und kein Mitspracherecht.

Vorteil dieser Erziehungsmethode:

Welche Vorteile dieser Erziehungsstil für eine gesunde kindliche Entwicklung haben soll, ist nicht erkennbar. Sicherlich ist dieser Erziehungsstil für Eltern einfach umsetzbar, denn durch die strenge Ordnung und Zucht brauchen sie keinerlei Widerstand vom Kind zu befürchten. Diese Erziehungsmethode ist heutzutage aber erfreulicherweise weitestgehend verschwunden!

Nachteil dieser Erziehungsmethode:

Die strenge elterliche Erziehung kann das Kind nicht dazu befähigen, ein Selbstwertgefühl und eine eigene starke Persönlichkeit zu entwickeln. Dieser Erziehungsstil fördert Minderwertigkeitsgefühle und autoaggressive Verhaltensweisen. Menschen, die auf diese Weise erzogen worden sind, neigen auch oftmals zu aggressivem Verhalten gegenüber Schwächeren.

Der autoritäre Stil der Erziehung

Hier dominieren strenge Verhaltensregeln, klare Anordnungen sowie ein System aus Belohnung und Strafe. Hier geben Mutter und Vater exakt vor, was zu tun ist und was das Kind in jedem Fall zu unterlassen hat. In dieser Hierarchie spielt in den meisten Fällen der Vater eine dominante Rolle: Die Kinder haben imgrunde überhaupt kein Mitbestimmungsrecht. Somit werden auch kindliche Bedürfnisse oder Wünsche kaum berücksichtigt.

Vorteile dieser Erziehungsmethode:

Auch hier gibt es kaum positive Effekte auf die kindliche Entwicklung. Festgelegte Verhaltensregeln und Verbote können Kindern hingegen manchmal eine feste Struktur und eine gewisse Sicherheit vermitteln.

Nachteil dieser Erziehungsmethode:

Auch diese Methode trägt nicht dazu bei, dass Kinder zur Selbstständigkeit erzogen werden. Ihre Fantasie und ihre Kreativität werden überhaupt nicht gefördert, weil allein die Eltern die kindlichen Aktivitäten bestimmen. Die Entwicklung eines gesunden Selbstbewusstseins ist so nicht möglich.

Des Weiteren wird die persönliche Entwicklung des Kindes stark eingeschränkt. Das kann später zu egozentrischen und auch aggressiven Verhaltensweisen führen. Ebenso leiden so erzogene Kinder später oftmals an Minderwertigkeitskomplexen und Depressionen.

Die antiautoritäre Erziehungsmethode

Diese Erziehungsmethode ist das Gegenteil der autokratischen sowie der autoritären Erziehung. Antiautoritär heißt aber nicht, dass das Kind hier überhaupt keine Grenzen hat. Vielmehr erfährt es diese aber durch eigene Erfahrungen und nicht durch Strafen oder Verbote. Hier können die Kinder Selbstvertrauen erlernen und erfahren auch Wertschätzung von ihren Eltern. Sie erleben einen großen Spielraum, wenn es um das Fällen eigener Entscheidungen geht.

Diese Methode hilft Kindern dabei, zu erlernen, wie sie selbst die Verantwortung für ihr Handeln übernehmen können.

Vorteil dieser Erziehungsmethode:

Hier wird die Persönlichkeit des Kindes, seine Entscheidungsfreiheit und das Selbstvertrauen gefördert. Durch diese angstfreie Erziehung entwickelt das Kind ein Vertrauen in die eigenen Fähigkeiten und Stärken. Gleichzeitig fördert der antiautoritäre Erziehungsstil die Fantasie sowie die Kreativität des Nachwuchses. Kinder haben somit das Gefühl, zutiefst gewollt, wertgeschätzt und geliebt zu sein.

Nachteil dieser Erziehungsmethode:

Häufig wird diese Erziehungsmethode mit der Laisser-faire-Methode gleichgesetzt. Gegner befürchten, dass die Kinder ohne Grenzen aufwachsen und sich somit zu Egoisten entwickeln. Eine grenzenlose antiautoritäre Erziehung kann dazu führen, dass diese Kinder sich später als Erwachsene sehr schwertun, Regeln und Grenzen zu akzeptieren.

Der demokratische Stil der Erziehung

Bei diesem Stil der Kindererziehung sind die Kleinen den Eltern nicht untergeordnet. Vielmehr stehen alle gleichberechtigt auf einer Ebene und entscheiden wichtige Dinge gemeinsam. Auf diese Weise sollen Eigenschaften wie Eigeninitiative und Selbstständigkeit beim Nachwuchs gefördert werden.

Die Eltern geben hier keine Befehle, vielmehr geben sie nur Empfehlungen ab. Sie unterbreiten einen Vorschlag und versuchen immer, die Wünsche aller ausreichend zu berücksichtigen.

Die Grundlage ist hier also nicht Gehorsam oder Befehle, sondern Vertrauen und eine offene Kommunikation.

Vorteil dieser Erziehungsmethode:

Bei diesem Erziehungsstil erfährt das Kind von seinen Eltern sehr viel Liebe und Akzeptanz. Der Glaube an sich selbst, an seine eigenen Fähigkeiten und Talente sowie die emotionale Balance können eine optimale Grundlage für eine spätere große Leistungsbereitschaft sein. Hier wird darauf vertraut, dass Kinder das, was sie von ihren Eltern selbst erfahren haben, auch an andere Mitmenschen weitergeben.

Nachteil dieser Erziehungsmethode:

Ein solcher Erziehungsstil nimmt oft schon sehr viel Zeit in Anspruch, denn Mütter und Väter geben hier keine klaren Befehle oder Anweisungen, sondern diskutieren mit dem Nachwuchs vielmehr alles bis ins kleinste Detail aus.

Die egalitäre Methode der Erziehungsmethode

Dieser Kindererziehungsstil ist sozusagen das „Upgrade“ des demokratischen Stils der Erziehung. Hier sind Kinder mit ihren Eltern komplett gleichberechtigt. Es gibt also überhaupt keine Hierarchie. Bei dieser Erziehungsmethode werden nicht nur bedeutsame Entscheidungen gemeinsam besprochen, sondern auch das weitere Vorgehen gemeinsam geplant.

Hier haben Kinder und Eltern die gleichen Pflichten und Rechte.

Vorteil dieser Erziehungsmethode:

Da Kinder hier keine Hierarchie erleben, entwickeln sie ein sehr hohes Maß an Selbstbewusstsein, Selbstverantwortung und Eigeninitiative. Solche Verhaltensweise und Charaktereigenschaften kommen den Kindern vor allem später im Berufsleben zugute.

Nachteil dieser Erziehungsmethode:

Durch die vollkommene Gleichberechtigung wird Kindern nicht vermittelt, dass es im Leben feste Regeln gibt, die im Interesse der Gesellschaft befolgt werden müssen. Hier ist sehr viel Mühe, Geduld und auch Zeit notwendig, um einvernehmliche und gute Ergebnisse zu erzielen.

Laisser-faire-Erziehungsmethode

Auffällig ist hier vor allem die Passivität der Eltern, denn das Kind ist sich bei dieser Erziehungsmethode weitestgehend selbst überlassen. Es erfährt keinerlei Ordnung, Struktur, Sicherheit oder Orientierung.

Eine verantwortungsvolle Erziehung bildet einen stabilen Rahmen für ein Kind - und dieser fehlt hier gänzlich! Die Eltern, die diese Erziehungsmethode pflegen, scheinen keinerlei Interesse an der kindlichen Entwicklung zu haben. In nicht wenigen Fällen steht auch der Verdacht der kindlichen Vernachlässigung im Raum.

Vorteil dieser Erziehungsmethode:

Dieser Erziehungsstil scheint lediglich den Eltern Vorteile zu bieten, denen die Erziehung des Nachwuchses vermeintlich völlig gleichgültig ist.

Nachteil dieser Erziehungsmethode:

Kinder, die nach dieser Methode erzogen wurden, haben später massive Beziehungs- und Bindungsschwierigkeiten. Ihnen fehlt vollständig das Empfinden für Distanz und Nähe. Durch die erheblichen emotionalen Defizite der Kindheit haben diese Personen später große Probleme, sich anzupassen.

Negierende Erziehungsmethode

Hier scheint eine Erziehung nicht einmal im Ansatz zu existieren. Die Eltern haben kein Interesse an einer kindlichen Führung und Leitung. Es gibt keinen Erziehungsrahmen, keinen Halt und keine Regeln, an denen das Kind sich orientieren könnte. Auch die gefühlsmäßige Bindung scheint komplett zu fehlen. Die Erziehung findet hier einzig und allein durch die Umwelt statt.

Vorteil dieser Erziehungsmethode:

Diese Erziehungsmethode bietet keinen Vorteil!

Nachteil dieser Erziehungsmethode:

Das Kind entwickelt kein Selbstwertgefühl. Es wächst komplett ohne Halt, Zuwendung, Orientierung und familiäre Geborgenheit auf. Die Gefahr einer seelischen Verwahrlosung ist hier also sehr groß. Später haben Kinder, die so erzogen wurden, große Probleme damit, Beziehungen mit anderen Mitmenschen einzugehen und Kontakte zu knüpfen. Auch die Gefahr für die Entstehung von Suchterkrankungen ist sehr groß.

Permissive Erziehungsmethode

Diese Erziehungsmethode ist eine Ausprägung des anti-autoritären Erziehungsstils sowie eine mildere Variante der Laisser-faire-Erziehung. Die Kinder sind sich auch hier weitestgehend selbst überlassen und vermissen klare Anregungen von ihren Eltern. Sie müssen ihre eigenen Bedürfnisse selbst zum Ausdruck bringen und sind immer wieder dazu aufgerufen, selbst die Initiative zu ergreifen. Das fördert zwar ein selbstständiges Verhalten, sorgt aber auch für eine ordentliche Portion Überforderung.

Vorteil dieser Erziehungsmethode:

Im Vergleich zum Laisser-faire-Stil haben die Kinder hin und wieder immerhin einige Grenzen.

Nachteil dieser Erziehungsmethode:

Kinder, die auf eine solche Weise erzogen wurden, leiden später unter Beziehungsschwierigkeiten. Sie vermissen die Orientierung, Struktur und den Halt, den die Eltern ihnen hätten geben müssen. Insbesondere vermissen sie die gefühlsmäßige Bindung, die für eine gesunde spätere Entwicklung essenziell wichtig ist.

Psychologen und Pädagogen empfehlen heutzutage, einen demokratisch-autoritativen Erziehungsstil zu wählen: Hier werden Kinder sowohl liebevoll als auch fordernd erzogen. Es gibt feste Grenzen und Regeln für das gemeinsame Zusammenleben, die von den Familienmitgliedern gemeineinsam ausgehandelt werden, doch hier haben die Eltern eine optimistische und positive Grundhaltung und ermutigen ihren Nachwuchs dazu, Herausforderungen zielstrebig und mutig anzugehen.

Stress – ein schlechter Berater für eine gelungene Erziehung

Vom Ursprung her ist das menschliche Stresssystem ein sehr nützlicher und wertvoller Mechanismus. Wissenschaftliche Forscher sagen, dass unsere Urahnen den größten Teil ihres Lebens vom parasympathischen Nervensystem dominiert wurden, also in einem entspannten Zustand, in dem jede Information und jeder Reiz zunächst einmal vom Verstand in Ruhe geprüft werden konnte. Lediglich für kurze Momente, in denen Gefahr herrschte, wechselten die Vorfahren in einen Modus, der vom sympathischen Nervensystem dominiert wurde: Das ist das „Stresssystem" des Körpers, der die notwendige Energie für Kämpfe, Jagd oder Flucht bereitstellt. Die in diesen Phasen resultierenden Stresshormone wurden noch während des Kampfes, der Jagd oder der Flucht beziehungsweise kurz danach abgebaut. Dieses Phänomen zeigt sich auch in unserem heutigen Alltag, wenn wir durch Bewegung wie beispielsweise einem Sprint zur Bushaltestelle oder zum Bahnhof Stresshormone effektiv und schnell abbauen.

Aus diesem Blickwinkel war das Stresssystem also etwas sehr Wichtiges. Heutzutage stecken wir jedoch im Dauerstress. Stellen Sie sich einmal vor, dass Sie das Büro nicht rechtzeitig verlassen konnten. Sie müssen Ihr Kind aus dem Kindergarten holen, der bald schließt, und nun stecken Sie zu allem Übel auch noch im Stau! Wenn Sie sich nun zusätzlich vorstellen, dass Ihr Kind das einzige sein könnte, das noch abgeholt werden muss, und die Erzieherinnen Sie mit einem skeptisch-fragenden Gesichtsausdruck empfangen, dann ist das durchaus eine Situation, die in Ihnen einen großen Stress hervorruft. Ihr gesamter Körper verfällt in eine Stressreaktion: Es kommt zu einem schnelleren Herzschlag, einem veränderten Hormonspiegel und Schweißausbrüchen. In solch einer Situation kann es durchaus sein, dass Sie einem anderen Verkehrsteilnehmer die Vorfahrt nehmen, einen Radfahrer übersehen oder sich sogar verfahren! Der Grund dafür ist, dass Ihr Verstand in Stressreaktionen nicht mehr ordnungsgemäß funktioniert.

Sie werden den Kindergarten in letzter Sekunde erreichen, doch zu dem Zeitpunkt haben Sie noch absolut keinen Stress abgebaut. Sie saßen ja „nur im Auto“ und haben sich überhaupt nicht bewegt. Wenn jetzt Ihr Kind auf der Rückbank auch noch zu quengeln beginnt oder beim Losfahren den Saft auf dem Rücksitz verschüttet, dann steigt der Stresspegel noch mehr an. In einer solchen Situation kommt es dann dazu, dass wir sehr gereizt reagieren und Dinge tun oder sagen, die wir im Normalfall nicht tun würden. Wir sind in unserer körperlichen Stressreaktion gefangen und können keinen klaren Gedanken mehr fassen. Wenn wir uns in einer solchen Lage nicht bewegen können, dann können auch die Stresshormone nicht abgebaut werden. Kommt dann sogar noch ein weiterer Stressreiz hinzu, kommen wir in den sogenannten Dauerstress!

Welche Konsequenzen hat Dauerstress für Eltern?

Es gibt so Tage, an denen wir aus dem Dauerstress-Modus überhaupt nicht mehr herauskommen. Wir haben morgens Stress mit dem Kind, weil es sich nicht selbstständig anziehen möchte und trödelt, das Telefon klingelt bereits, auf dem Schreibtisch stapelt sich die Arbeit, das Miteinander mit den Kollegen gestaltet sich schwierig, abends stehen wir im Stau, und dann auch noch der Feierabend-Einkauf mit einem quengelnden Kind in einem völlig überfüllten Supermarkt.

So könnte das fast endlos weitergeführt werden, denn auch zuhause gibt es viele Stressfaktoren: Abendessen kochen, Hausaufgaben kontrollieren, mit den Großeltern telefonieren und vieles mehr sorgen dafür, dass wir uns innerhalb kürzester Zeit müde und völlig ausgebrannt fühlen. Für einen solchen Dauerstresszustand ist unser Gehirn einfach nicht gemacht! Dieser Zustand erschöpft uns und hindert uns daran, wirklich abzuschalten.

Und was noch schlimmer ist: Dauerstress ist nicht nur schädlich, sondern erzeugt sogar noch mehr Stress! Zudem gehen Hirnareale infolge dieser Dauerbelastung im Laufe der Zeit regelrecht „kaputt“. Das können Sie sich ähnlich wie einen Automotor vorstellen, der permanent im roten Drehzahlbereich gefahren wird.

Das persönliche Stresslevel ist also definitiv ein Bereich, auf den Eltern ganz besonders Acht geben müssen.

Permanenter Stress schädigt unser Gehirn und somit auch die Beziehung zu uns selbst, zu unserem Partner und vor allem zu unseren Kindern. Es kommt zu stressgeführten Gedanken wie etwa:

Ich kann nicht mehr klar denken …

Je mehr Dauerstress wir ausgesetzt sind, desto häufiger schaltet auch unser Verstand – unser sogenannter „präfrontaler Cortex“ - ab. Der Verstand bleibt sozusagen „inaktiv“, und es fällt uns zunehmend schwerer, klar zu denken, zu planen oder zu analysieren.

Ich kann nicht mehr runterkommen …

Dauerstress sorgt für ein ständig überreiztes System, sodass wir uns überhaupt nicht mehr entspannen können. Die Stressreaktionen laufen quasi dauerhaft weiter.

Dieses Kind ist wirklich unmöglich …

Unser Verstand bleibt auf dem Gefahrenmodus „programmiert“, und so beginnen wir, in allem – auch in unseren Kindern – einen negativen Faktor zu sehen. Wir übersehen die vielen guten Momente und die löblichen Verhaltensweisen und schauen nur noch darauf, was uns stört oder ärgert.

Was soll in Zukunft nur werden?

Die Amygdala in unserem Gehirn – der sogenannte Mandelkern – ist sozusagen das „Alarmsystem“ für die Emotionen in unserem Gehirn. Infolge des Dauerstresses und der Überreizung wird diese Amygdala überaktiv und springt ständig an. Wir bewerten Situationen aus Angst oder Wut heraus und sind infolgedessen auch nicht mehr in der Lage, uns eine positive Zukunft auszumalen.

Wo ist nur der Geldbeutel?

Stress beeinträchtigt auch den Zwischenspeicher für Erinnerungen und Gedanken – nämlich unser Kurzzeitgedächtnis. Infolgedessen können wir uns unter Stress auch gewisse Dinge nicht mehr merken oder uns nicht mehr daran erinnern, wo wir den Geldbeutel oder den Autoschlüssel liegengelassen haben. Auch Arzttermine oder wichtige Telefonate werden im Stress schnell vergessen.

Jetzt stell dich doch bitte nicht wieder so an!

Unter permanenten Stressbelastungen verlieren wir unser Mitgefühl. Es fällt uns zunehmend schwer, unseren Kindern mit Empathie und Verständnis zu begegnen und uns in sie hineinzuversetzen. Infolgedessen verlangen wir oftmals auch mehr von ihnen, als sie überhaupt leisten können. Die Folge ist eine erhöhte Reizbarkeit, Unzufriedenheit, Schreien und Schimpfen – und das, obwohl das Kind überhaupt nicht schuld ist.

Nun ja, das lässt sich wohl nicht ändern …

Unter solchen Stressbelastungen können wir nur sehr schwer feste Ziele setzen, Dinge planen oder positive Emotionen hervorbringen. Wir haben das Gefühl, aus unserem Teufelskreis der Unzufriedenheit und Überreizung gar nicht mehr ausbrechen zu können. Wir können von unseren Stressreaktionen gar nicht mehr abschalten, und so kommt es als Folge dessen im schlimmsten Fall zu dauerhaften Schäden wie hormonellen Dysbalancen, Burn-out oder Depressionen!

Stress und Erziehung – wo ist der Zusammenhang?

Noch lange bevor sich solche Effekte wie oben beschrieben bemerkbar machen, ist eine gesunde Kindererziehung blockiert. Gestresste Eltern zeigen nachweislich ein negatives Erziehungsverhalten und können auch an den entscheidenden Stellen im Alltag nicht so verständnisvoll, achtsam, empathisch und leistungsfähig sein.

Doch wie ist es konkret mit den Kindern? Gibt es „stabilere“ Kinder, die stressresistenter sind und besser funktionieren? Gehorchen Kinder mehr, wenn von ihnen mehr gefordert wird? Die Antwort auf diese Fragestellungen lautet definitiv: nein! Im Gegenteil: Gestresste Mütter und Väter haben durch ihr Erziehungsverhalten auch ein deutlich gesteigertes Risiko für verhaltensauffällige Kinder. Sie haben keineswegs „bravere Kinder“, die besser funktionieren. Gestresste Eltern stellen an ihre Kinder Anforderungen, denen diese nicht entsprechen können – nicht, weil sie nicht wollen, sondern einfach nur deshalb, weil sie eben noch Kinder sind, kleine, unfertige Menschen!

Stress ist in der Erziehung ein sehr schlechter Berater! Er schafft die beste Grundlage dafür, dass wir gereizt reagieren, unsere Kinder „anschnauzen“ und ständig schimpfen. Und das beeinträchtigt letztlich die Eltern-Kind-Beziehung massiv!

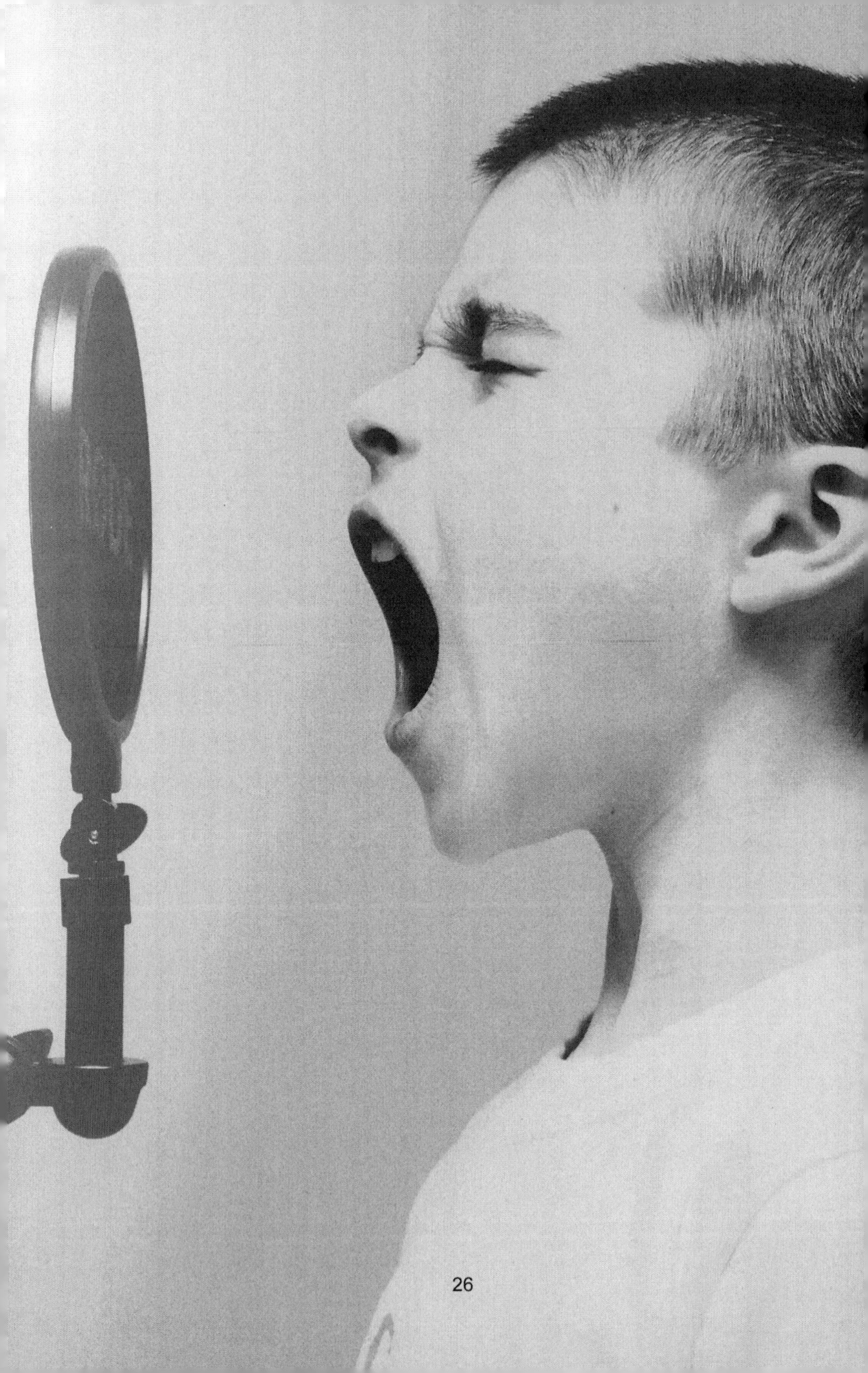

Das Wichtigste im Überblick

Ursprünglich ist Stress eine gesunde Reaktion auf potenziell gefährliche Lebenssituationen. Leider stehen wir in unserer heutigen schnellen Welt unter vielfachen Dauerstressbelastungen. Unser Gehirn sieht überall mögliche Gefahren.

Wenn wir dauerhaft unter Stress leiden, gestaltet sich auch die Kindererziehung zunehmend schwierig. Wir sind auf zentralen Feldern der Erziehung blockiert, so zum Beispiel im Bereich der Geduld, des Mitgefühls, der Planung, der Nachsicht oder der Konzentration.

Wir können uns bei dauerhaftem Stress nur sehr schwer beruhigen. Somit entsteht ein negativer Kreislauf.

Wir können nicht aktiv kontrollieren, wie wir auf Stress reagieren. Unser Gehirn reagiert auf verschiedene Stressreaktionen unterschiedlich – zum einen Teil durch unsere Vorfahren und zum anderen durch unsere eigene Kindheit geprägt.

Warum schimpfen Eltern eigentlich?

Wenn wir überreizt sind, uns überfordert fühlen und uns sozusagen der Geduldsfaden reißt, ist die beste Grundlage zum Schimpfen geschaffen. Kinder werden vor allem dann geschimpft, wenn sie mit ihrem Verhalten gegen Regeln verstoßen, ihren Willen durchsetzen möchten, zu viel fragen und stören oder wenn sie körperlich aktiver sind, als die Eltern es möchten. Auch wenn Kinder die Erwartungen ihrer Eltern nicht erfüllen, wird häufig geschimpft. Das Schimpfen können Kinder oftmals nicht nachvollziehen, denn sie haben einen ganz anderen Blickwinkel auf die verschiedenen Situationen. So wollen Sie niemanden stören, sondern sich doch einfach nur bewegen, selbstständig sein oder neue Dinge erkunden.

Werden Kinder nun geschimpft, macht sie das traurig. Sie beginnen zu weinen und sich zurückzuziehen. Das setzt einen negativen Teufelskreis in Gang, denn sobald sie weinen, werden sie noch mehr für ihr Weinen geschimpft.

Leider hat Schimpfen in unserer heutigen Gesellschaft fast schon Tradition: Rund 97 % der Erwachsenen sind als Kind mit einer solchen Erziehung großgeworden. Kein Wunder, dass wir als Mütter und Väter später auch mal mit unseren Kindern schimpfen, oder? Das kann sein, doch eines steht fest: Das macht es definitiv nicht besser. Häufig sagen Eltern dann Sprüche wie „Das hat mir auch nicht geschadet“ oder „Kinder dürfen Erwachsenen nun mal nicht auf der Nase herumtanzen“.

Es gibt keine guten Gründe für das Schimpfen, vielmehr schimpfen wir Erwachsenen aus reiner Hilflosigkeit. Immer dann, wenn wir keine Lösungswege sehen, nicht weiter wissen oder einfach über etwas verärgert sind, fällt es uns schwer, Verständnis für das Verhalten des Kindes aufzubringen. Die Folge ist: Wir schimpfen, dabei sollten wir genau das jedoch nicht tun, denn es kann schlimme Folgen für unsere Kinder haben.

Die 3 wichtigsten Gründe gegen das Schimpfen

Es gibt drei zentrale Gründe, die dagegensprechen, dass Eltern im Rahmen der Kindererziehung schimpfen:

1. Schimpfen zerstört den Selbstwert des Kindes

Mit dem Schimpfen wollen Eltern ihre Kinder zu einer Verhaltensänderung bewegen oder ihren Frust zum Ausdruck bringen. Doch Eltern bewirken damit keinesfalls eine konstruktive Änderung des kindlichen Verhaltens, sondern üben nur verbal Gewalt aus. Bezweckt wird damit, dass das Kind sich schlecht fühlt und infolgedessen ein solches Verhalten nicht mehr zeigt. Doch eine gute Grundlage ist das auf keinen Fall!

Fühlen Kinder sich nämlich schlecht, beginnen sie damit, sich zu schützen. Sie schalten sozusagen auf Durchzug, und damit verpufft auch jegliche Wirkung des Schimpfens. Das führt aber dazu, dass wir Erwachsenen uns nur noch mehr aufregen und noch lauter schimpfen.

Die Verletzungen in ständig ausgeschimpften Kindern sitzen aber tief. Die Menschen, die es am meisten liebt, haben ihm diese Verletzungen zugefügt. Doch Kinder lieben ihre Eltern bedingungslos, und deshalb nehmen sie die Verantwortung für das elterliche Schimpfen auch auf sich. Sie fühlen sich schuldig und beginnen, sich zu schämen. Das nagt an ihnen und vor allem an ihrem Selbstwertgefühl. Das sind dann meistens die Erwachsenen, die gerne viel selbstbewusster wären, es aber in ganz alltäglichen Situationen schlicht und einfach nicht sein können. Sie geben immer wieder dem Chef, den Kollegen, den Nachbarn oder dem Partner nach. Und das alles, weil sie an ihrem Selbstwert zweifeln und sich schlicht und einfach nicht trauen, zu ihrer Position zu stehen.

Wir alle haben also eine Meinung dazu, welchen „Wert wir uns selbst als Menschen zuweisen". Wie hoch diese Selbsteinschätzung letztlich ausfällt, hängt dann maßgeblich von den Erfahrungen unserer Kindheit – somit auch maßgeblich von unseren Eltern – ab.

Kommt es also immer wieder zu solchen Situationen, in denen wir unseren Kindern sagen, dass sie nicht in Ordnung sind, dass sie „falsch geraten" sind und sich immer wieder falsch verhalten, nähren wir in ihnen die Überzeugung, dass sie wertlos zu sein scheinen.

Jedes Mal, wenn wir schimpfen, schreien und toben, weil unsere Kinder etwas getan oder (wieder) nicht getan haben, fördern wir den destruktiven Keim in ihrem Inneren! Wenn dieser Keim dann irgendwann seine volle Größe erreicht hat, haben unsere Kinder die negativen Glaubenssätze in sich bereits unumstößlich verfestigt, und diese Glaubenssätze werden sie für ihr ganzes weiteres Leben leiten. So denken sie dann von sich, nicht gut genug zu sein, fehlerhaft zu sein – schlicht und einfach wertlos. Sie denken, dass sie es nicht verdient haben, geliebt zu werden, dass sie nichts können, dass ihnen nichts gelingt und sie es anderen Mitmenschen ohnehin nicht Recht machen können. Eine fatale Entwicklung!

Das sind nur einige Beispiele für häufige Grundüberzeugungen, die Schimpfen in unseren Kindern ausbilden kann. Und solche Glaubenssätze machen im Leben unserer Kinder einen entscheidenden Unterschied, nämlich in den kleinen wie auch in den großen Momenten.

Aus diesem Grund ist es unverzichtbar wichtig, Kindern jeden Tag zu vermitteln, dass sie gut und wertvoll sind. Sie müssen erfahren, dass sie zutiefst und bedingungslos geliebt werden.

Vielleicht rührt sich etwas in Ihnen, wenn Sie jetzt diese Zeilen lesen. Vielleicht spüren Sie, dass auch Sie solche Grundüberzeugungen aufgrund Ihrer Vergangenheit in sich tragen. In einem solchen Fall sollten Sie sich diesen falschen Glaubenssätzen aktiv zuwenden und gezielt entgegensteuern. Sie sind wunderbar, wertvoll und liebenswert, ganz genauso wie Ihr Kind auch!

Denken Sie bitte immer daran: Die Art und Weise, wie Sie mit Ihrem Kind sprechen, wird später einmal zu seiner inneren Stimme!

2. Schimpfen zerstört die Kind-Eltern-Beziehung

Seit der ersten Lebenssekunde sind Kinder von den sie umgebenden erwachsenen Bezugspersonen abhängig. Sie entwickeln sich langsam und benötigen noch bei jedem Schritt fremde Hilfe, um durch das Leben zu kommen.

Babys und kleine Kinder sind nun mal anstrengend und kosten Eltern Kraft. Doch sie schenken ihren Eltern auch unendlich viel Vertrauen, Liebe und Nähe zurück. Genau das treten jedoch Erwachsene mit Füßen, wenn sie mit Kindern schimpfen und sie bestrafen. Sie weisen das Kind zurück!

Oft passiert es, dass das Kind etwas anstellt und wir sauer reagieren. Wenn es sich dann entschuldigen möchte oder einfach nur erklären will, was passiert ist, reagieren Eltern nicht selten mit Zurückweisung.

Aus ihrer Wut heraus, schimpfen sie nur weiter, möchten „keine Ausreden hören" oder „jetzt nicht darüber sprechen". Ihnen kommt kein freundliches Wort über die Lippen. Und was geht im Kind vor?

Das Kind wird größer, und spätestens im Jugendalter werden Eltern mit ihren Kindern nur in einem engen Austausch bleiben können, wenn die Beziehung stimmt! Natürlich lässt sich weiterschimpfen, doch das ist die beste Grundlage, um langfristig den Einfluss auf das Kind zu verlieren. Und genau so soll es ja nicht sein! Es ist viel wichtiger, eine vertrauensvolle und achtsame Eltern-Kind-Beziehung auch unter Erwachsenen zu haben, die immer wieder gerne miteinander im Gespräch sind.

Der irische Schriftsteller Oscar Wilde sagte einmal:

„Am Anfang lieben Kinder ihre Eltern. Wenn sie aber älter werden, halten sie Gericht über sie. Selten, wenn überhaupt, verzeihen sie ihnen."

Häufiges Schimpfen belastet also nicht nur ihr Kind, sondern ihre gesamte Bindung. Das ist das individuelle und unsichtbare Band, das fest über Raum und Zeit zwischen Ihnen und Ihren Kindern geknüpft ist. Eine sichere und geborgene Bindung ist wie ein echter Schatz, den wir als Mütter und Väter unseren Kindern ins Leben mitgeben können. Es ist eine Basisvoraussetzung, dass unsere Kinder überhaupt in der Lage sind, im Leben einmal aufrichtige Beziehungen einzugehen.

Wenn unsere Kinder durch Schimpfen, Schreien und sogar Bestrafen immer wieder von ihrer engen Bindungs- und Bezugsperson degradiert werden, verlieren sie das Vertrauen in gelingende und bereichernde Beziehungen.

Anstelle des Vertrauens treten Schmerz und ein tiefes Misstrauen. Spätestens mit dem Erreichen der Volljährigkeit spüren Kinder zutiefst die von Misstrauen, Schmerz, Enttäuschung und Verletzung geprägte Kind-Eltern-Beziehung. Die Folge ist, dass die Kinder sich abwenden, keinen Rat mehr bei uns suchen und die Eltern als nahe Bezugsperson sogar „hinter sich“ lassen.

3. Schimpfen beeinträchtig das Lernen der Kinder

Kinder, die ständig mit der Angst leben, für alles ausgeschimpft zu werden, können sich nachweislich schlechter konzentrieren, und das ist auch nicht weiter verwunderlich. Wenn wir selbst vor etwas Angst haben, dann sind wir mehr auf die Angst fokussiert als auf das eigentliche Thema. Für sehr viele Kinder ist das ein enormes Problem. Selbst wenn sie unbewusst bloßgestellt oder kritisiert wurden, kann das für den weiteren Lernprozess weitreichende Konsequenzen haben.

Auch das lässt sich aus der Zeit unserer Vorfahren erklären: Waren die Urahnen damals in Gefahr, stellte sich das Gehirn in einen „Kampfmodus“ um. Der Körper leitet die Energie in die Muskulatur, die wichtig ist, damit die Flucht- oder Kampfsituation erfolgreich bewältigt werden kann. Heute brauchen Kinder ausreichend Bewegung und Aktivität, um überschüssige Energie wieder abzubauen. Kein Kind ist bei den Hausaufgaben oder in der Schule in Lebensgefahr, doch unser eigentliches „genetisches Programm“ läuft weiterhin ab. Unsere menschliche Funktionsweise hat sich nicht verändert, nur die Situation, in der wir leben.

Wenn wir Kinder beim Lernen unterstützen möchten, müssen wir eine angenehme und harmonische Lernatmosphäre schaffen und es unbedingt vermeiden, mit ihnen zu schimpfen. Eine liebevolle Kind-Eltern-Beziehung hat nachweislich einen positiven Effekt auf die Intelligenz der Kinder.

Zudem ist noch ein weiterer Aspekt zu beachten: Wir schimpfen oftmals nicht nur mit unseren Kindern, sondern mit großer Wahrscheinlichkeit wird das auch einen Einfluss auf das Leben unserer späteren Enkelkinder haben. Für das Gehirn ist die Stresssituation des „Ausgeschimpftwerdens“ sehr einprägsam. Wenn unsere Kinder dann mit ihren Kindern ähnliche Situationen durchleben, ist es viel wahrscheinlicher, dass auch sie schimpfen werden.

Je öfter wir schimpfen, desto wahrscheinlicher wird es, dass unsere Kinder später einmal nach demselben Muster erziehen. Dieser Kreislauf muss unterbrochen werden, auch zum Wohle der folgenden Generationen!

Gelassen & achtsam erziehen – Auswege aus dem Schimpfen

Wenn wir unseren Kindern vertrauen und gute Absichten beim Kind immer voraussetzen, dann können wir uns Schimpfen durchaus sparen. Geben Sie Ihrem Kind den notwendigen Raum, um auch seine negativen Emotionen abzubauen. Gehen Sie liebevoll auf Ihr Kind zu, pflegen Sie eine offene und achtsame Kommunikation und unternehmen Sie auch regelmäßig Dinge mit den Kindern: Das hilft allen Familienmitgliedern, angestauten Stress abzubauen und somit auch Konflikte zu vermeiden.

Stellen Sie sich selbst immer wieder die Frage, wie Sie als Mutter oder Vater von Ihrem Kind wahrgenommen werden möchten. Wie wirken Sie auf Ihr Kind? Wie erging es Ihnen mit Ihren Eltern? Was hat Sie selbst in Ihrer Kindheit traurig oder glücklich gemacht?

Zählen Sie auch einmal bewusst mit, wie häufig Sie Ihre Kinder zurechtweisen, und führen Sie am Anfang „schimpffreie Tage“ ein. Der Ton macht die Musik, das heißt, es kommt immer auf den Ton an, mit dem Kindern etwas erklären. Es muss ein Ton sein, der respektvoll und achtsam ist, der nicht demütigt, schubst und zwickt! Wenn ein Kind beispielsweise mit seinem Laufrad über die rote Ampel fährt, kann es durchaus ratsam sein, ihm das Laufrad einfach kurz wegzunehmen und es dann weiterfahren zu lassen, wenn es sich auf sichereren Wegen befindet. Kinder müssen auf eine liebevolle Art vor Gefahren beschützt werden, ganz ohne Vorhaltungen und Schimpfen!

Größere Kinder, die ihre Grenzen im Grunde schon sehr gut kennen, suchen oft mal die Auseinandersetzung mit Mutter und Vater. Das ist ein zentraler Entwicklungsschritt, und Eltern müssen hier eine gewisse „Verhandlungsbereitschaft“ signalisieren. Dennoch braucht das Kind natürlich Struktur, um nicht von wichtigen Prinzipien abzuweichen. Das gilt etwa für kleine „Zahnputz- oder Zu-Bett-Geh-Verweigerer“, aber ebenso für Jugendliche, die über Partyzeiten diskutieren.

Es gibt keine einzige Studie, die bislang eine positive Wirkung des Schimpfens hätte nachweisen können.

Und ebenso gibt es keine wissenschaftliche Untersuchung, in der Achtsamkeit und Herzlichkeit als Grund für ein unangemessenes Verhalten hätten identifiziert werden können.

Machen Sie Schluss mit Schimpfen!

Wenn Sie fühlen, dass es für Sie so nicht weitergehen kann und Sie das Schimpfen in der Kindererziehung unbedingt reduzieren möchten, dann können Sie einiges dafür tun! Zunächst einmal sollten Sie den Wunsch ernstnehmen. Es ist ein herausfordernder Prozess, keine Frage, und auch Rückfälle sowie Gefühle der Überforderung gehören mit dazu. Doch was Sie brauchen, ist Geduld - und vor allem mit sich selbst! Wenn Sie das nächste Mal das Kind schimpfen und im Nachgang von einem schlechten Gewissen belastet werden, sollten Sie sich davon nicht kleinkriegen lassen. Übernehmen Sie die Verantwortung und entschuldigen Sie sich gezielt beim Kind. Entschuldigen Sie sich aber nur dann, wenn Sie es auch wirklich von Herzen ernst meinen!

Gehen Sie gedanklich noch einmal durch, wie es überhaupt dazu kommen konnte, wie die Situation so eskalieren konnte, dass es nötig war, zu schimpfen. Was hat ihr Kind getan oder nicht getan? Warum haben Sie geschimpft? Liegt die Ursache tatsächlich im kindlichen Verhalten oder doch etwa in Ihnen selbst? Solche Erkenntnisse und Denkprozesse brauchen einfach ihre Zeit. Es ergibt keinen Sinn, diesen Weg allein zu gehen. Daher sollten Sie sich unbedingt Unterstützung von Ihrem Partner oder Ihrer Partnerin mit ins Boot holen. Wenn gemeinsam an einem Strang gezogen wird, wird somit auch das Ziel erreicht.

Natürlich werden wir im Alltag immer wieder mit Stresssituationen und Herausforderungen konfrontiert. Es gibt immer wieder Streitigkeiten um ganz alltägliche Dinge wie das Anziehen, das Zähneputzen, das Erledigen der Hausaufgaben oder den Medienkonsum. Obwohl es sich viele Mütter und Väter immer wieder vornehmen, nicht zu schimpfen, tun sie es doch. Sie glauben letztlich einfach, dass es anders nicht funktioniert. Doch das ist eine Falschannahme! Ein entspanntes Familienleben lässt sich durchaus führen, trotz der alltäglichen Stolperfallen.

Wir Eltern verlieren oft die Kontrolle, weil wir selbst „unreguliert“ sind. Wir geraten in einen Stresstunnel, in dem wir unsere eigenen Gefühle nicht mehr kontrollieren und regulieren können. Es kann unterschiedliche Gründe für solche „Dysregulationen“ geben, so etwa Schlafmangel, Zeitdruck, Hungergefühle oder dergleichen. In manchen Fällen kommt dann einfach alles zusammen, und wir rasten aus. Das Gehirn sendet Stressimpulse aus, die wir nicht mehr aktiv abfedern können.

Generell lassen wir unseren Stress eher an Menschen aus, die uns nahe sind. Der Partner bekommt so etwas sehr häufig ab, und eben auch die Kinder! Sie sind immer da, und bei ihnen haben wir auch gleichzeitig die geringste Angst, dass wir sie verlieren, wenn wir ein unkontrolliertes Verhalten an den Tag legen.

Stress ist also ein zentraler Auslöser für das Schimpfen. Damit wir gelassen erziehen können, müssen wir nach den Ursachen dafür Ausschau halten. WANN flippen wir aus? Häufig gibt es wiederkehrende Muster, zum Beispiel morgens, wenn alles hektisch zugeht und man das Haus verlassen muss. Ebenso kann es abends passieren, wenn wir müde und ausgelaugt sind. Es sollte also nicht nur auf die Situation selbst geschaut werden, sondern auch darauf, was zuvor passiert. Wenn wir damit beginnen, unser Kind anzuschreien und auszuschimpfen, haben wir schon einige Stunden zuvor einen Fehler gemacht! Wir sind also schon im Vorfeld in „kritische Bereiche“ gerutscht. So muss man schon Stunden zuvor bemerken: „Halt! Hier brauche ich jetzt eine Pause, sonst raste ich später noch aus.“

Wenn wir also fühlen, dass es uns zu viel wird, müssen wir uns eine kurze Auszeit gönnen, damit wir später nicht unseren Frust an Unschuldigen – wie eben unseren Kindern – auslassen. Wir müssen uns unserer eigenen Emotionen deutlich besser bewusst werden. Wie oft fragen wir uns am Tag denn schon, wie es uns selbst geht und was wir selbst aktuell brauchen? Tun wir das häufiger, schärft sich auch unsere Wahrnehmung!

Zudem ist es wichtig, mehr auf die Kinder zu achten. Wenn wir erkennen, dass ein dreijähriges Kind einen recht anstrengenden Tag hinter sich hatte, sollten wir zweimal überlegen, ob es noch unbedingt sein muss, im Feierabendstress um 17 Uhr einkaufen zu gehen.

Nehmen Sie sich also tagsüber immer wieder mal die Zeit, über Ihre eigenen Bedürfnisse, aber auch über die Ihrer Kinder nachzudenken. Machen Sie sich bewusst, was Sie fühlen. Keine Sorge, 20-30 Sekunden hat jeder! Auf diese Weise können Sie sich aus dem Stresstunnel befreien, in dem Sie wie ein Roboter funktionieren. Denn dort laufen Muster, die Sie in sich tragen, automatisiert ab. Wichtig ist, den Autopilotmodus zu beenden und in einen achtsamen und empathischen Modus zu schalten. Das geht nicht von heute auf morgen und braucht ausreichend Zeit, Geduld und Übung. Doch Sie werden sehen, dass mit jedem Tag alles ein wenig klarer und leichter wird.

Erziehung lässt sich nicht allein stemmen!

Oft scheitern wir Erwachsenen an unseren eigenen Perfektionsansprüchen. Doch vielleicht kennen Sie das alte Sprichwort: „Um ein Kind zu erziehen, braucht es ein ganzes Dorf." Und hier ist viel Wahrheit enthalten: Für eine harmonische, achtsame und artgerechte Erziehung kann man nicht allein verantwortlich sein und vor allem auch nicht jedes Detail kontrollieren. Wir müssen also täglich auch neu lernen, „alle Fünfe mal gerade sein zu lassen".

Eltern müssen nach Entlastung Ausschau halten, um Hilfe bitten und diese auch gezielt annehmen. Wir müssen versuchen, Stress im Alltag abzubauen und die eigenen Ansprüche ein wenig nach unten zu schrauben. In den Hochphasen des Lebens, so zwischen dem 30. und dem 40. Lebensjahr, muss vielleicht nicht alles unter einen Hut gebracht werden: Kindererziehung, Karriere, Hausbau, vegane Ernährungsumstellung usw.

Schimpfen kann mal passieren, doch ein absolutes No-Go ist es, die Persönlichkeit des Kindes zu verletzen! Ganz wichtig sind hier Ich-Botschaften und nicht Du-Botschaften, wie zum Beispiel „du bist schuld", „du machst ..." oder „du bist immer so ...". Solche Aussagen sollten sich Eltern unbedingt abgewöhnen. Kinder gehen ohnehin immer davon aus, dass sie an allem schuld sind. Wenn wir dann doch mal ausgeflippt sind, müssen wir uns auch entschuldigen können. Das Kind braucht Botschaften wie: „Es tut mir leid, ich war gerade außer mir. Es ist nicht so, wie ich gesagt habe! Ich möchte, dass du das weißt, Schatz!"

Ob Kinder das wirklich auch so verstehen, hängt auch von ihrem Lebensalter ab. Doch es ist unglaublich wichtig, dass sie es zumindest hören - und zwar unmittelbar danach von ihren Eltern, und nicht erst im Erwachsenenalter vom Therapeuten.

Wir alle sind Menschen, und Fehler können nun mal passieren. Doch wir können es unseren Kindern erklären: „Du hast es nicht verdient, Schatz, so behandelt zu werden. Niemand sollte dich so behandeln, auch wir als Eltern nicht. Es tut mir leid."

Ist man erst einmal in den Schimpfmodus geraten, ist es gar nicht so einfach, da wieder herauszukommen. Daher muss das deklarierte Ziel sein, gar nicht erst in den Schimpfmodus zu kommen. Wenn wir dann doch einmal hineingeraten, muss die jeweilige Situation oder auch tatsächlich der Raum verlassen werden, damit wir wieder Abstand gewinnen können. Wenn wir uns selbst nicht unter Kontrolle haben, dann haben wir auch keine gute Körperwahrnehmung. Immer dann, wenn wir uns nämlich im Dauerstress-Modus befinden, schaltet unser Verstand die Körperwahrnehmung ab. Wenn wir aber in die Körperwahrnehmung zurückgehen, halten wir die Stressreaktion auf. Bewegen Sie sich daher ein wenig oder klopfen Sie auf ein Kissen. Viele Erwachsene reiben sich unter Stressbelastungen auch die Stirn. Alles, was Sie als wohltuend empfinden, um wieder „runterzukommen", ist in Ordnung und erlaubt.

Wenn die Situation doch mal außer Kontrolle gerät, kann es auch sinnvoll sein, einen Vertrauten zu Hilfe zu rufen, der durch die angespannte Eltern-Kind-Situation „coacht".

Viele Eltern denken, dass sie schimpfen müssen, damit das Kind überhaupt das tut, was sie von ihm wollen. Doch es ist durchaus möglich, Grenzen zu setzen, ohne zu schimpfen. Das zentrale Stichwort ist hier Empathie! So müssen Eltern zum Beispiel sagen: „Ich verstehe, dass du genervt bist, doch du darfst Stella nicht das Buch über den Kopf ziehen. Ich will, dass du einfach Stopp sagst, wenn dich deine kleine Schwester stört." Das ist ein ganz anderes Miteinander und wesentlich konstruktiver, als nur zu sagen: „Du bist so ein böses und richtig aggressives Kind! Schon wieder hast du deine kleine Schwester gehauen."

Wenn wir als Eltern möchten, dass Kinder etwas Bestimmtes tun, dann müssen wir zunächst einmal überlegen, ob es überhaupt machbar und realistisch ist. Wenn zum Beispiel zwei fünfjährige Kinder aufräumen sollen, brauchen sie klar verständliche und konkrete Aufgabe, wo etwas hingehört. So kleine Kinder kann man zum Beispiel nicht in ein unaufgeräumtes Zimmer setzen und sagen: „Wenn hier nicht alles in 30 Minuten super aufgeräumt ist, landet alles im Abfall."

Richtig Kritik üben und liebevoll Grenzen setzen

Kinder müssen frühzeitig lernen, dass sie nicht immer in allem ihren Willen bekommen können. Ebenso ist es grundlegend wichtig, ihnen zu vermitteln, dass sie die Folgen ihres Tuns selbstverantwortlich tragen müssen. Wenn Eltern darauf achten, dann können die Kleinen mehr Selbstkontrolle entwickeln und auch Enttäuschungen im Leben leichter aushalten. Sie werden also durch eine solche Erziehung gemeinschafts- und kooperationsfähiger. Aus diesem Grund ist es von großer Bedeutung, dass Kinder altersgemäße Begrenzungen erfahren, denn auf diese Weise können Eltern der Entstehung problematischer Verhaltensweisen effizient vorbeugen. Das gilt nicht nur im Kleinkind- und Grundschulalter, sondern vor allem auch für heranwachsende Jugendliche, die sich mit einer Entschiedenheit versuchen, vom Elternhaus abzunabeln, und Grenzen gezielt austesten. Sie experimentieren, wenn es um die Frisur, die Ausgehzeiten, die Hausarbeiten oder um den Nikotin- und Alkoholkonsum geht, um zu sehen, wie weit sie eigentlich gehen können.

Wenn Eltern gar keine oder zu wenig Grenzen setzen, kommt die Gefahr auf, dass sie von den Kindern nicht mehr ernstgenommen und respektiert werden. Kinder, die „grenzenlos“ leben, nehmen sich viel zu viel heraus, und infolgedessen werden die Eltern immer hilfloser. Demgegenüber gibt es aber auch Eltern, die überzogene Forderungen an die Kinder stellen und sie zu stark kritisieren oder begrenzen. Diese Eltern lassen der eigenen Wut freien Lauf und beschuldigen die Kinder oftmals zu Unrecht. In den meisten Fällen sind diese Eltern oft selbst ein aggressives Vorbild für ihre Kinder, die wiederum zu einem echten Problem für Lehrer werden.

Aus Angst vor weiteren Wutausbrüchen fürchten sich manche Eltern davor, reizbaren Kindern Forderungen zu stellen und klare Grenzen zu setzen. Dieses Vermeidungsverhalten ist jedoch sehr problematisch, denn es führt zum Beispiel dazu, dass die Geschwister sich zurückversetzt fühlen, weil sie mehr Aufgaben übernehmen müssen als das impulsive Kind.

Einige der betroffenen Eltern gehen diesen Unannehmlichkeiten aus dem Weg. Somit kommt es dazu, dass weniger Zeit mit dem reizbaren Kind verbracht wird. Infolgedessen kommt es nicht nur zu einer belasteten Eltern-Kind-Beziehung, sondern auch die Kooperationsbereitschaft des Kindes lässt sowohl in der Familie als auch in der Schule zu wünschen übrig.

Aus diesem Grund sollten Eltern nicht zu lange warten, um Grenzen zu setzen. Insbesondere impulsive oder unsichere Kinder brauchen klare Regeln und überschaubare Begrenzungen. Diese lassen sich auf unterschiedliche Art und Weise setzen: So können Eltern zum Beispiel unerwünschtes Verhalten ignorieren, nein sagen oder das Kind auch mal kritisieren. Hier müssen Sie selbst herausfinden, welche Art der Grenzsetzung am besten für Sie und Ihr Kind ist. Diese sollten Sie dann konsequent umsetzen, doch immer liebevoll und mit viel Empathie.

Nein sagen und Kritik üben

Kinder akzeptieren ein klares Nein, vor allem wenn eine Gefahr droht, so beispielsweise, wenn sich ein kleines Kind einer Herdplatte nähert und es sich zu verbrennen droht. Ein Nein ist hier eine Warnung und zugleich ein Schutz für das Kind. In derart grundlegend wichtigen Situationen lernen Kinder im Allgemeinen sehr rasch, was falsch und was richtig ist, denn im Angesicht der Gefahr treten ihre Eltern viel kompromissloser und entschiedener auf.

Ein Nein kann jedoch auch in angespannten Situationen notwendig sein, so zum Beispiel, wenn das Kind versucht, mit völlig überzogenen Forderungen Druck auf ein oder auf beide Elternteile auszuüben. In solchen Momenten hilft weder gutes Zureden noch Kritik, dafür jedoch ein ruhiges und bestimmtes „Nein", ohne Wenn und Aber. Kinder fordern meist mehr, als sie benötigen, und müssen lernen, auch mal das ein oder andere „Nein" anzunehmen und zu verkraften. Außerhalb der Familie werden ihnen schließlich auch nicht alle Wünsche erfüllt werden. Sie müssen bereits im Kleinkindalter lernen, mit Enttäuschungen und Frustration fertig zu werden.
Würde Kindern jeder Wunsch erfüllt, dann würden sie immer mehr egoistische Neigungen entwickeln. Dennoch sollte aber auch unbedingt darauf geachtet werden, nicht zu viele „Neins" auf die Kinder hereinprasseln zu lassen; das schüchtert die Kleinen nur ein oder ruft kontraproduktive und unerwünschte kindliche Reaktionen hervor.

Am besten bereiten Sie Ihr Dein Kind in einem gemeinsamen Gespräch darauf vor, dass es in bestimmten Situationen auch ein Nein hinzunehmen hat. Begründen Sie Ihr Nein auch immer, wenn es möglich ist. In bestimmten Situationen sollte kein Diskussionsraum eingeräumt werden, denn schließlich tragen Sie als Mutter oder Vater die Verantwortung für Ihr Kind. Auch hier gilt aber: Der Ton macht die Musik.

Zum Nein-Sagen gehört auch unbedingt eine nicht verletzende Kritik: Damit lässt sich unerwünschtes Verhalten sehr gut korrigieren und für die Zukunft vermeiden. Die Reaktionen auf Feedback sind ganz unterschiedlich und hängen im Wesentlichen davon ab, wie es geäußert wird. Einige Eltern kritisieren sehr direkt und sind dabei recht abwertend und ungerecht. Genau das wollen wir im Rahmen einer artgerechten Erziehung aber nicht!

Langfristig kann eine solche Kritikweise bei den Kindern nämlich zu Minderwertigkeitsgefühlen, Versagensängsten und im schlimmsten Fall sogar zu depressiven Verstimmungen führen.

Es ist viel leichter, Kritik an anderen zu üben, als sie hinzunehmen. Um Verletzungen und Kränkungen zu vermeiden, gibt es hier einige Tipps:

Wenn Sie besonnen und fair kritisieren möchten, sollten Sie direkte Abwertungen vermeiden, so zum Beispiel die Aussage: „Du lügst!“ Kinder und vor allem Jugendliche fühlen sich durch solche negativen Bemerkungen rasch abgewertet und verletzt. Eine solche Kritikäußerung verschlechtert nur die allgemeine Stimmung und ruft Konflikte hervor.

Achten Sie beim Kritisieren immer darauf, dass nicht die kindliche Person niedergemacht wird. Das kann in der Wut nämlich sehr leicht geschehen, denn dann rutschen einem manchmal Dinge heraus, die nicht so gemeint sind. Die Worte hinterlassen jedoch schmerzhafte Spuren. Es gibt keine total schlechten Menschen, und kritisiert wird nicht eine Person an sich, sondern nur eine einzelne Verhaltensweise. Geben Sie Ihrem Kind auch immer die Gelegenheit, sich selbst zur Kritik zu äußern.

Die feinfühligste Art und Weise, Kritik zu äußern, ist Wünsche zu äußern. Bitten Sie Ihr Kind doch zum Beispiel: „Ich fürchte, das stimmt nicht“ oder „Bitte sag mir doch die Wahrheit“ anstatt „Du lügst“. Reden Sie unbedingt auch immer auf Zimmerlautstärke.

Vermeiden Sie Worte wie „schon wieder" oder „immer", wenn Sie Kritik formulieren. Solche Sätze wie „Hast du das schon wieder vergessen?" lassen ein Gespräch rasch abdriften. Beziehen Sie sich lieber auf eine konkrete Situation oder ein Vorkommnis.

Wenn Ihr Kind Sie kritisiert, vermeiden Sie unbedingt heftige Worte und Gegenanschuldigungen. Gekränkte Eltern neigen oft dazu, sich in solchen Fällen nach dem Motto zu verhalten: Wie du mir, so ich dir. Das heizt den Konflikt jedoch nur noch mehr an.

Teilen Sie Ihrem Kind stattdessen viel lieber mit, welche Gefühle seine Kritik in Ihnen hervorruft. Das kann zum Beispiel Ärger, Verzweiflung, Enttäuschung, Entsetzen oder auch Hilflosigkeit sein. Sprechen Sie ehrlich mit Ihrem Kind, denn so erlebt es Sie als authentische Person. Für Kinder und Jugendliche ist es essenziell wichtig, zu erfahren, welche Emotionen sie mit ihren Handlungen und Worten in anderen Mitmenschen auslösen.

Jeder Mensch kann geäußerte Kritik leichter annehmen, wenn ein Lob oder ein positives Wort vorausgeschickt wird, so beispielsweise: „Ich bin sehr stolz auf dich, dass du so nette Freunde gefunden hast. Dennoch möchte ich, dass du abends zur vereinbarten Zeit nach Hause kommst."

Eltern müssen mit gutem Beispiel vorangehen

Man kann Regeln also auf eine artgerechte und liebevolle Art und Weise durchzusetzen. Dafür ist es unverzichtbar wichtig, dass Mütter und Väter das richtige und erwünschte Verhalten vormachen. Es geht also nicht darum, Dinge zehnmal zu sagen, sondern darum, es einfach immer wieder selbst vorzuleben! Wenn wir nicht möchten, dass unser Sohn oder unsere Tochter wild auf die Klingel drückt, wenn sie nach Hause kommen, dann sollten wir ihnen das schön und ruhig erklären und natürlich auch richtig vormachen: Wenn wir irgendwo klingeln, reicht es somit auch, nur einmal auf den Klingelknopf zu drücken. Vor allem kleine Kinder machen nicht das, was man ihnen sagt, sondern hauptsächlich das, was sie sehen!

Konflikte konstruktiv lösen

Konflikte lassen sich auch sehr gut über Spiele lösen. Für Kinder sind solche Spiele sehr wichtig, um eine innere Spannung abzubauen. Wenn Sie möchten, dass Ihr Kind Möhren isst, können Sie daraus ein Spiel machen. Es bringt nichts, immer wieder zu sagen: „Iss bitte die Möhrchen! Die sind gesund und voller gesunder Stoffe!“ Sagen Sie doch lieber: „Heute Abend sind die Möhrchen nur für uns Erwachsene da.“ Um herauszufinden, wie ernst Sie das wirklich meinen, wird das Kind mit Sicherheit mal von den Möhren probieren und feststellen, dass es eigentlich ganz lecker ist. Auf spielerische Weise können Sie also viel erreichen.

Gehen Sie einfach rundum gelassen an den Alltag mit Kindern heran. Kinder haben es sich nicht zum Ziel gemacht, uns Erwachsene zu ärgern! Sie lernen, und es ist unsere Aufgabe, ihnen dabei zu helfen. Sie wollen entdecken und verstehen. Wenn uns klar wird, dass unsere Kleinen eigentlich nur mit uns kooperieren möchten, dann ärgern wir uns viel weniger. Denn eines kann man an dieser Stelle definitiv allen Eltern mit auf den Weg geben: Alle Kinder lieben ihre Eltern und wollen harmonisch, behütet und geliebt gemeinsam in der Familie leben!

Probleme gemeinsam erkennen und lösen

Die Kindererziehung gestaltet sich deutlich einfacher, wenn Eltern möglichst früh Belastungen und problematische kindliche Verhaltensweisen erkennen. Dann kann rechtzeitig nach gezielten Lösungen Ausschau gehalten werden, bevor sich ein Fehlverhalten festigt oder Probleme schlimmer werden. Stressbewältigung ist hier ein zentrales Stichwort – für Kinder wie auch für ihre Eltern –, denn im familiären Rahmen sollen Kinder lernen, wie sie mit Stress effektiv umgehen können. Dadurch werden sie selbstbewusster, ausgeglichener und auch glücklicher.

Chronische Belastungen können nicht nur psychische Konsequenzen haben, sondern sich auch körperlich vielfach negativ auswirken. Das Immunsystem läuft sozusagen im Dauerbetrieb, und so kommt es unter Stress immer wieder zur vermehrten Ausschüttung von Stresshormonen und sonstigen Botenstoffen. Die Entzündungsparameter im Organismus steigen an, so als würde es darum gehen, einen Feind oder Krankheitserreger abzuwehren. Solche hohen Entzündungswerte führen langfristig zu einer Schwächung des Körpers und begünstigen gleichzeitig die Entstehung von Erkrankungen wie zum Beispiel Arteriosklerose. Die Fähigkeit, Stress zu bewältigen, ist somit für Groß und Klein essenziell wichtig und das Fundament für psychische und physische Gesundheit.

Inner- und auch außerfamiliäre Belastungen können zu verschiedenen Problemen führen. Jede Familie kennt stressige Phasen, in denen vor allem auch Eltern unter einer hohen Belastung stehen. Sie können sich in solchen Zeiten für gewöhnlich weniger auf die Bedürfnisse ihrer Kinder einstellen, als das sonst der Fall ist. Wenn solche Belastungen längere Zeit andauern, können Mütter und Väter sogar Stressreaktionen entwickeln wie zum Beispiel Burnout-Erkrankungen, Ängste, Alkoholmissbrauch oder depressive Verstimmungen.

Ein solcher psychischer Spannungszustand wird innerhalb einer Familie zu einer echten Belastung, und es kann auch immer wieder dazu kommen, dass diese Probleme innerfamiliär gar nicht mehr behoben werden können. In solchen Fällen sollte unbedingt professionelle Hilfe in Anspruch genommen werden, denn vor allem unter hohem emotionalem Stress reagieren Eltern ungeduldiger und gereizter als sonst. Sie verhalten sich mit den Kindern weniger engagiert und herzlich, aber auch deutlich inkonsequenter. Kinder können das als große Belastung empfinden und leiden somit stark unter der Familienstimmung. Das ist besonders bei sensiblen Kindern der Fall.

Auch Umgang mit Gleichaltrigen–also im Kindergarten, in außerschulischen Gruppen oder in der Schule–kann es zu Konflikten und somit zu Belastungen für Kinder kommen. Ein schwieriger Punkt ist auch immer der Eintritt in die Pubertät, denn hier reagieren Jugendliche auf äußere Abwertung besonders empfindlich. Auch der mögliche Ausschluss aus einer Gruppe oder einer größeren Clique kann für Heranwachsende eine sehr schlimme psychische Belastung sein.

Ebenso wird es problematisch, wenn es zum Mobbing-Phänomen kommt: Kinder werden beispielsweise aufgrund ihrer Herkunftsfamilie oder ihres Aussehens geärgert, Freunde werden gegeneinander ausgespielt, und Aussagen wie „Du bist nicht mehr mein Freund/ meine Freundin" haben ein sehr großes Verletzungspotenzial. Infolgedessen kommt es bei den Kindern zu einem ausgeprägten Unwohlsein und zudem zu einem sozialen Rückzugsverhalten. Kinder wissen noch nicht wirklich, wie sie mit solchen Problemen konstruktiv umgehen sollen, denn ihre soziale Identität ist noch nicht vollständig ausgereift. Demnach wissen sie nicht mehr, wer sie sind und wie das Umfeld sie eigentlich sieht.

Die Schule ist in den meisten Fällen für die Kinder das größte außerfamiliäre Problemfeld. Einige Kinder erlernen schnell und einfach neue Inhalte und gehen somit auch gerne zur Schule. Andere wiederum tun sich richtig schwer und bekommen auch nicht viel Anerkennung für erbrachte Leistungen. Somit schwindet der schulische Eifer immer mehr, und die Lernbereitschaft lässt nach.

Einige Eltern sind in solchen Situationen häufig überfordert und können nicht für den nötigen Ausgleich oder ausreichend Lernhilfen sorgen. Das ist oft der Beginn von vielen verschiedenen kindlichen Verhaltensauffälligkeiten.

Einige Kinder werden unruhig, andere wiederum können sich kaum mehr konzentrieren, und bei wiederum anderen kommt es immer öfter zu Konflikten und Auseinandersetzungen mit Freunden und Lehrern. Ebenso kann sich ein ängstliches, aggressives oder depressives Verhalten bemerkbar machen.

Jede Mutter und jeder Vater möchte dem eigenen Kind eine wertvolle Unterstützung bei der Bewältigung entwicklungsspezifischer Aufgaben sein.

Je eher das Kind seine Probleme ansprechen und von der Familie gezielte Hilfestellungen für diese bekommen kann, desto eher wird es die Schwierigkeiten auch lösen können.

Verhaltensbeobachtung

In einem ersten Schritt geht es darum, das problematische Verhalten genau zu beschreiben, damit alle Familienangehörigen wissen, worum es geht. Damit ist eine Grundlage geschaffen, auf der sich alle besser verständigen können.

Beobachten Sie Ihr Kind genau und aufmerksam, am besten über einen längeren Zeitraum von ungefähr 14 Tagen. Notieren Sie gerne, welches Verhalten Ihnen besonders ins Auge fällt, und sprechen Sie Ihr Kind dann persönlich darauf an. Nicht jedes Fehlverhalten lässt sich leicht protokollieren, wie zum Beispiel ständiges Unterbrechen, wenn ein Erwachsener spricht, oder Nörgeln. Hier kann Ihnen eine Strichliste weiterhelfen. Notieren Sie am besten auch immer das Datum, wann die jeweilige Verhaltensweise vorgekommen ist.

Probleme gezielt lösen

Nach der sorgfältigen Verhaltensbeobachtung geht es nun an die Ausarbeitung effizienter Problemlösungen. Hier gibt es kein fertiges Patentrezept, sondern nur individuelle Lösungen, denn jede Familie und vor allem auch jedes Kind sind einzigartig. Konkrete Vorgehensweisen oder Vereinbarungen sollten im Idealfall immer zusammen als Familie besprochen werden. Das garantiert am ehesten, dass alle Familienmitglieder hinter den getroffenen Regelungen stehen.

Das gemeinsame Bewältigen und Lösen von Schwierigkeiten zusammen mit der Familie macht die Kinder selbstständiger und auch entscheidungsfähiger.

Beim Problemlösen könnte sich folgende Vorgehensweise bewähren:

Erfassen Sie zunächst einmal das eigentliche Problem durch eine aufmerksame Verhaltensbeobachtung. Dann wissen Sie genau, wann es auftritt und welche möglichen Konsequenzen es nach sich zieht. Ebenso können Sie dann ersehen, durch welche Ihrer Verhaltensweisen das unerwünschte kindliche Fehlverhalten noch verstärkt wird, zum Beispiel durch Ihre Zuwendung.

Überlegen Sie dann, wie es überhaupt zu diesem Fehlverhalten kommen konnte und welche Auslöser dahinterstecken könnten.

Denken Sie zusammen mit der ganzen Familie über sinnvolle Ziele und Lösungen nach. Mehrere Köpfe bringen auch mehrere Problemlösungen hervor, das heißt, dass deutlich mehr Ideen erarbeitet werden können. Schreiben Sie am besten erst einmal alles auf. Verwerfen können Sie das zu einem späteren Zeitpunkt noch immer.

Nun geht es darum, die Vor- und Nachteile abzuwägen. Was spricht für und was eher gegen eine Idee? Welche Konsequenzen könnten auftreten?

Die Familie sollte sich auf den vernünftigsten und machbarsten Einfall einigen.

Die gefundene Lösung für das Problem sollte auch sofort umgesetzt werden.

Im Nachgang können Sie überprüfen, welche Wirkung die Problemlösung tatsächlich gezeigt hat. Andernfalls sollte nach einer alternativen Lösung Ausschau gehalten werden.

Stressfälle bei Kindern

Kinder reagieren immer in irgendeiner Weise auf Stress, manchmal bewusst und manchmal sogar unbewusst. Doch wie passt Stress zu einer glücklichen Kinderzeit? Kinder haben noch die Fähigkeit zum Träumen, sie können noch den Augenblick genießen und vollkommen im Hier und Jetzt leben.Sie leben im Allgemeinen zuversichtlich und lassen sich nicht aus der Ruhe bringen. Können Kinder also überhaupt unter Stress leiden? Die Antwort auf diese Frage lautet eindeutig: Ja, natürlich. Sie klagen zwar nicht wie erwachsene Personen permanent über Stress oder müssen sich nach einem anstrengenden Ausflug erst einmal ordentlich ausruhen. Gestresste Kinder sind eher ständig müde oder quengeln viel.

Bevor es also richtig schlimm wird und kracht, sollte die sogenannte „Stressampel“ zum Einsatz kommen:

- Kinder können nur sehr schwer verstehen, was hinter Stress steht. Doch Sie haben die Möglichkeit, spielerisch herauszufinden, wie es um Ihr Kind steht.

- Basteln Sie mit Ihrem Kind drei verschiedene Smileys: Einer ist grün und lächelt, der andere ist gelb und schaut neutral und der dritte ist rot und hat einen verärgerten Gesichtsausdruck.

- Während Sie mit Ihrem Kind die Smileys basteln und malen, können Sie mit dem Kind über deren Bedeutung sprechen. Erklären Sie Ihrem Kind, welche Emotionen sich dahinter verbergen.

- Hängen Sie die Smileys nun in Form einer Ampel, also rot, gelb und grün, an die Pinnwand oder ins Kinderzimmer.

- Jedes Mal, wenn es stressig wird oder eine Situation zu eskalieren droht, gehen Sie mit Ihrem Kind an die Stressampel. Es soll dann erzählen, wie es ihm aktuell gerade geht. So können sehr viele Tränen, Streit- und Konfliktsituationen im Vorfeld vermieden werden.

- Wenn ein achtsamer Umgang miteinander gepflegt werden soll, ist es grundlegend wichtig, sich ausreichend Zeit füreinander und die gegenseitigen Gefühle ernst zu nehmen.

Bei Kindern geht es also darum, aufmerksam hinzusehen, sozusagen die Antennen auszustrecken und zu lernen, zu erfühlen, wann es den Kleinen deutlich zu viel wird. Die heutige Gesellschaft birgt in diesem Punkt viele verschiedene Gefahren: Im Grunde sind wir selbst eine Generation, die immer wieder mit Erschöpfung, chronischer Müdigkeit und Burn-Out zu kämpfen hat. Dennoch entwerfen wir für die eigenen Kinder eine Kindheit mit noch mehr Leistung, Anforderungen und Tempo! Kinder haben heutzutage zum Teil sogar vollere Terminkalender als wir Erwachsenen.

Viele Eltern sind der Meinung, dass das Kind bereits im Vorschulalter fließend Englisch sprechen müsste, denn dann hat das Kind es in der Schule deutlich leichter. Doch ist das wirklich so? Es geht hier darum, zu lernen, welche Stressquellen sich vermeiden lassen, was völlig unnötig ist und was vor allem langfristig zu einer starken Belastung für Kinder werden kann.

Unter permanenten Stresssituationen geht die Achtsamkeit füreinander verloren. Es kommt zu einer unguten Stimmung und zu immer wiederkehrenden Konfliktsituationen.

HARSHLY BEAUTIFUL
WHERE the WORLD ENDS
GERALDINE McCAUGHREAN
CARNEGIE MEDAL-WINNING AUTHOR
GERALDINE McCAUGHREAN
"Extraordinary"
KIRAN MILLWOOD HARGRAVE
WHERE the WORLD ENDS

Was stresst unsere Familie?

Kinder fühlen definitiv Stress, auch wenn sie ihn nicht konkret benennen. Meistens sind die Eltern dafür verantwortlich. Sie wollen nur das Beste für die Kinder und besuchen unmittelbar nach der Geburt zahlreiche Kurse: Babymassage, Krabbelgruppe, Mami-Baby-Fitness und Babyschwimmen – all diese Termine sorgen bereits bei Säuglingen für einen vollen Terminkalender und einen stressigen Tagesablauf.

Gleich im Kleinkindalter kommt die Anmeldung in der Musikschule, denn schließlich darf die musikalische Früherziehung auch nicht zu kurz kommen. Auch die Sprachqualitäten des eigenen Nachwuchses müssen gefördert werden, und so soll das Kind in die Vorschule, um bereits vor dem Schuleintritt Englisch sprechen oder rechnen zu können.

Ebenso melden sehr viele Eltern die eigenen Kinder in einem Sportverein an: Turnen, Fußball oder Schwimmen – ganz egal, Bewegung hält fit und gesund! Es gibt heutzutage nahezu unendliche Möglichkeiten der gezielten kindlichen Förderung und Früherziehung.

Doch nicht alle Möglichkeiten müssen ausgeschöpft werden, denn schließlich ist es von grundlegend wichtiger Bedeutung, dass Kinder auch noch Zeit zum freien Spielen zur Verfügung haben. Das kommt heute aber zum Teil richtig selten vor. Unbeschwerte Spielzeit mit Freunden oder gar Langeweile? Fehlanzeige!

Im Allgemeinen ist das auf keinen Fall negativ, doch die Dosis macht das Gift. Häufen sich diese Aktivitäten zu stark, können sie dem Kind rasch zu viel werden und zum absoluten Stress mutieren. Es geht hier wesentlich darum, das richtige Maß zu finden und das Kind nicht mit Terminen, Lerninhalten und Verpflichtungen zu überhäufen. Das gesellschaftliche Problem, mit dem wir heutzutage immer wieder konfrontiert werden, ist, dass Kinder zu kleinen Erwachsenen herangezogen werden sollen. Früher durften Kinder ihre Kindheit rundum genießen und einfach „Kind sein“.

Heutzutage wird immer mehr hinterfragt und analysiert. Auf dem Markt gibt es unzählige Erziehungsratgeber, und auch das Internet liefert Unmengen an Informationen. Da kann man schon mal den Überblick verlieren, welche Erziehung nun eigentlich die richtige ist.

Man will nur das Beste für das eigene Kind und beginnt damit, es mit anderen Kindern zu vergleichen. Und dann beginnt die gezielte Förderung des Kindes. Hierbei wird aber völlig außer Acht gelassen, dass jegliche Fördermaßnahmen und Aktivitäten den Tag des Kindes eng takten und ihm viel wertvolle Kinderzeit rauben.

Aus diesem Grund ist es grundlegend wichtig, im Vorfeld zu überlegen, was überhaupt sein muss und was auf jeden Fall beiseitegelassen werden kann. Fördern ist gut, doch überfordern sollte man Kinder auch nicht. Bedauerlicherweise ist die heutige Gesellschaft sehr auf Fehler und Schwächen fixiert.

Scheinbare Defizite werden in den Fokus gerückt, während die Stärken als normal und selbstverständlich angesehen werden. Hier ist es oft gar nicht so einfach, die richtige Balance zu finden. Das Wichtigste ist jedoch, dass das Kind sich immer gut fühlt und glücklich ist, denn allein darauf kommt es an.

Wenn bereits Vorschulkinder einen so dichten Terminkalender haben, dass kaum mehr Zeit zum Spielen bleibt, dann stimmt definitiv etwas nicht, und für diese Form von Stress sind Eltern selbst verantwortlich. Selbstverständlich sollen Kinder Hobbys haben, doch diese sollen Spaß machen und nicht zur Belastung werden. Tägliche Verpflichtungen und Termindruck nehmen den Kindern die unbeschwerte Kinderzeit, die sie für eine gesunde und glückliche Entwicklung aber unbedingt brauchen. Kommt nun hier auch noch der Leistungsdruck der Schule hinzu, tritt ein Zustand der Überforderung ein.

Das Schöne an der Kindheit soll jedoch die Freiheit sein. Kinder sollen in den Tag hineinleben dürfen und neugierig selbst die Welt entdecken. Das Ziel ist nicht, dass sie fremdbestimmt eine Reihe von Verpflichtungen wahrnehmen. Es gibt nichts Schöneres, als die Zeit mit Freunden zu genießen und spielen zu können, ohne ständig auf die Uhr schauen zu müssen. Wir Erwachsenen erkämpfen uns die Freizeit oft mühevoll.

Wir versuchen uns bewusst Auszeiten im Alltag zu nehmen, mal zum Yoga oder zum Wellness zu gehen oder eine Meditation zu machen. Die Zeit der Kinder wird jedoch bis zum Anschlag verplant, und genau hier verlieren viele Eltern die eigentliche Kontrolle über ihre Verantwortung.

Das Zauberwort heißt deshalb hier: Entschleunigung! Lassen Sie Ihr Kind einfach nur Kind sein. Fördern Sie die Talente in einem normalen Maß und ermöglichen dem Kind, den Hobbys nachzugehen, denen es selbst und ohne Zwang nachgehen möchte. Lassen Sie ihm Zeit, die Welt spielerisch zu entdecken und zu einem glücklichen Menschen heranzureifen.

Spielen – achtsam verbrachte Zeit

Kinder lernen am schnellsten, einfachsten und am meisten, wenn sie einfach kreativ und frei spielen dürfen. Spielen ist von zentraler Bedeutung für die Kleinen, denn es schult die motorischen, die kognitiven und zudem auch die sozialen Fähigkeiten. Beim Spielen macht das Kind viele verschiedene Erfahrungen: Im Gehirn werden sogenannte Synapsen geknüpft, also Verbindungen, die später immer mehr ausgebaut werden können.

Stressig wird es im Alltag und im Leben noch früh genug! Daher sollten Kinder vor Stress und Hektik möglichst lange bewahrt werden. Wenn Sie merken, dass Ihr Kind Probleme hat, sollten Sie diese unbedingt ernst nehmen. Wenn Ihr Kind nicht mehr wirklich spielen möchte, könnte bereits eine ausgeprägte Stresslage dahinterstecken. Beim Kinderarzt können Sie viele wertvolle Informationen hierzu bekommen. Versuchen Sie immer, den Spagat zwischen einer guten Kindsförderung und einer Überforderung zu schaffen.

Wenn Sie befürchten, dass es bereits zu viel wird, Ihr Kind gestresst ist und kostbare Spielzeit verliert, dann sollten Sie unbedingt eingreifen, damit keine Nachteile für Ihren kleinen Schatz entstehen.

Jedes Kind durchläuft eine andere Entwicklung. Einige Kinder punkten mit Talenten und Stärken, wenn es um die Sprache geht, sind aber vielleicht in motorischer Hinsicht noch nicht so fit. Anderen wiederum fehlt es an Sozialkompetenz. Wieder andere Kinder können schon sehr gut laufen, schwimmen oder Radfahren, stottern oder lispeln aber noch. Niemand ist perfekt, und das müssen Kinder auch nicht sein! Es geht immer um die Einzigartigkeit und darum, das Besondere in jedem Kind zu sehen. Kinder sollten nach ihrem Tempo lernen und sich entwickeln können.
Je nach Kompetenz, die noch gefördert werden müsste, sollte immer Ausschau nach einer spielerischen Art und Weise gehalten werden. So kann dem Kind das Lernen erleichtert werden, und es kann sich ganz ohne Druck weiterentfalten.

8
9

Von Eltern gemachter Stress

Erziehungsexperten haben Kinder einmal gefragt, welche Situationen für sie besonders anstrengend sind. Die Antworten können für Eltern eine sehr wichtige Unterstützung sein:

- Wenn Mama und Papa mit mir schimpfen.
- Wenn keine Spielzeit mehr mit meinen Freunden bleibt.
- Wenn wir wochentags so viel erledigen müssen und so viele Termine haben.
- Wenn ich immer Rücksicht auf meine kleine Schwester/ meinen kleinen Bruder nehmen muss.
- Wenn niemand Zeit für mich hat.
- Wenn ich lieber singen möchte, aber leise sein soll.
- Wenn Mama immer hektisch sagt: Mach schneller, komm, wir müssen los!

Manchmal ist es spielend leicht, den Tag entspannt und schön zu gestalten. An anderen Tagen wiederum scheint es drunter und drüber zu gehen, und die Gestaltung des Tagesablaufs mag überhaupt nicht gelingen. Aus diesem Grund sollte unbedingt täglich darauf geachtet werden, dass ausreichend Freiräume eingeplant werden. Von Termin zu Termin zu hetzen ist weder für Klein noch für Groß sinnvoll und empfehlenswert.

Top Tipp: FREI-Tag

Planen Sie bewusst Frei-Zeiten in Ihren Tag ein. Nehmen Sie sich den Terminkalender vor oder erstellen Sie einen Familienplaner: So haben Sie alle Termine ideal im Blick. Überlegen Sie nun im zweiten Schritt, an welchen Tagen und zu welchen Uhrzeiten Sie bewusst „Familienzeit" verbringen wollen. Legen Sie auch unbedingt fest, was Sie gemeinsam tun wollen. Fragen Sie Ihre Kinder und den Partner oder die Partnerin, was ihnen besonders viel Freude bereitet, und halten Sie diese Zeit unter allen Umständen frei!

Diese Tage sind FREI-Tage und verbindlich. Halten Sie diese daher unbedingt fest, wie einen fixen Termin. Sie werden sehen, wie sehr Sie diese Tage und Stunden mit Ihrer Familie genießen und wie kostbar das für Sie als Familie tatsächlich ist.

Achtsamkeit im Alltag

Wenn Sie es besonders eilig haben, sollten Sie mal bewusst einen Gang runterschalten. Entschleunigen Sie Stressmomente, denn ansonsten wird es nur noch hektischer und stressiger. Das treibt sowohl Sie als auch die Kinder an und tut langfristig alles andere als gut. Es führt dazu, dass Sie in einen Aktionismus verfallen, was der Situation nur noch mehr Schärfe verleiht, und das bringt niemanden weiter! Wenn die Eltern gestresst sind, überträgt sich das auch auf die Kinder, und die Achtsamkeit nimmt zunehmend ab.

Um den Stress zu vermeiden, sollte am besten achtsam und richtig in den Tag gestartet werden. Springen Sie nach dem Aufwachen nicht sofort aus dem Bett, sondern gönnen Sie sich ruhig fünf Minuten, um richtig wach zu werden. Konzentrieren Sie sich auf Ihren Körper und hören Sie in sich hinein. Wie geht es Ihnen? Wie fühlen Sie sich heute? Atmen Sie dabei tief und konzentriert ein und wieder aus. Ebenso sanft sollten Sie auch mit Ihren Kindern in den Tag starten:

- Wecken Sie Ihren kleinen Schatz sanft und in einem ruhigen Tonfall. Lassen Sie das Kinderzimmer noch ein wenig abgedunkelt und reißen Sie nicht gleich die Vorhänge auf.
- Entwickeln Sie ein achtsames Morgenritual. So können Sie Ihr Kind mit einem Kuscheltier wecken, das eine Guten-Morgen-Geschichte erzählt oder das Kind fragt, wie es geschlafen hat. Das animiert das Kind dazu, langsam aufzustehen und unterhaltsam wach zu werden.

Des Weiteren ist es sehr hilfreich, wenn jedes Mitglied der Familie morgens feste Aufgaben übernimmt. Je nachdem, wie alt die Kinder sind, können sie auch kleinere Tätigkeiten übernehmen. Das gibt den Kleinen ein positives Gefühl und fördert zudem ihre Selbstständigkeit. Sie sind stolz, dass auch ihnen etwas von den Eltern zugetraut wird und sie die übertragenen Aufgaben gut bewältigen können. So könnte das Kind zum Beispiel den Frühstückstisch decken, sich morgens allein anziehen oder die Tageszeitung von draußen reinholen.

Sprechen Sie unbedingt mit Ihrem Kind über den bevorstehenden Tag. Fragen Sie interessiert nach, was in der Schule so alles ansteht, denn so fühlt sich das Kind richtig ernst genommen. Es spürt, dass es wertgeschätzt, geliebt und ernstgenommen wird. Wenn es bestimmte Ängste oder Sorgen hat, dann hat es hier die Gelegenheit, diese offen anzusprechen und sich bei Mama und Papa wertvollen Rat zu holen. Sagen Sie Ihrem Kind, wie lieb Sie es haben, denn das fördert einen positiven Start in den Tag und stärkt zudem den Familienzusammenhalt. Ihr Kind verlässt das Haus gestärkt und mit einem guten Gefühl des Zuspruchs.

Tipp:

- Stimmen Sie sich mit Ihrer Familie am Frühstückstisch zusammen auf den Tag ein.
- Was finden Sie großartig an Ihrem Kind?
- Was wollen Sie mit Ihrem Kind gerne zusammen am Wochenende machen?

Auch bewusst zu frühstücken ist von sehr großer Bedeutung. Versuchen Sie mindestens eine Mahlzeit zusammen als Familie einzunehmen. Essen Sie bewusst und setzen Sie sich zusammen an den Tisch. Leider wird heutzutage nicht mehr wirklich bewusst gegessen. Schnell wird „zwischendurch ein Happen gegessen“, und das Essen wird nicht mehr wirklich zelebriert: Wir essen im Bus, neben der Arbeit oder vor dem Fernseher. Das ist nicht nur ungesund, sondern nimmt auch sehr viel Familienzeit weg. Versuchen Sie daher, sich bewusst auf das Essen zu konzentrieren. So kann ein ruhiger Start – zusammen als Familie – am Frühstückstisch ein richtig gutes Gefühl der Gemeinschaft stiften.

Besonders Kinder brauchen dieses Gefühl der Geborgenheit und der Sicherheit. So können sie nochmal ordentlich Kraft für einen aufregenden Tag schöpfen. Die gemeinsame Zeit mit den Eltern und Geschwistern gibt die notwendige Energie und Fröhlichkeit für die bevorstehenden Aufgaben und Abenteuer.

Gemeinsame Mahlzeiten wie zum Beispiel das Familienfrühstück bieten zudem eine ausgezeichnete Möglichkeit für den Austausch miteinander. So lassen sich diverse Absprachen für den bevorstehenden Tag gemeinsam treffen.

Tipps & Tricks – achtsam essen:

- Der Esstisch sollte ein gemütlicher und, wenn ruhig, offener Ort im Haus beziehungsweise in der Wohnung sein. Es sollte ein Ort sein, an dem alle Familienmitglieder gerne zusammensitzen. Essen zwischen Tür und Angel ist nicht nur ungesund, sondern lässt zudem keinen Raum für gute Gespräche, Besinnung und Ruhe.

- Decken Sie den Tisch zusammen mit dem Kind ein und dekoriert nach euren Vorlieben.

- Nehmen Sie sich Zeit für die Mahlzeiten mit Ihrer Familie und achten Sie darauf, dass nichts und niemand ablenkt: Smartphones, Fernseher, Telefongespräch, Radiomusik oder Werbeprospekte durchblättern ist also völlig tabu.

- Betrachten Sie das Essen so, als würden Sie es zum ersten Mal sehen. So wecken Sie auch bei Ihrem Kind die Neugierde und die Aufmerksamkeit darauf.

- Machen Sie mit Ihrem Kind ein kleines Spiel: Das Kind soll beide Augen schließen und schon einmal einen Bissen probieren. Was kann es herausschmecken? Welche Gewürze sind enthalten? Kann es das Gericht erkennen?

- Erziehen Sie Ihr Kind zu bewusstem Essen: Wer einen Bissen bewusst und 20 Mal kauen kann, bevor er hinuntergeschluckt wird, muss am Ende den Tisch nicht abräumen.

Im puncto Achtsamkeit darf natürlich auch das Abendritual nicht fehlen. Lassen Sie den Tag zusammen mit Ihrem Kind Revue passieren und erzählen Sie sich gegenseitig von den Geschehnissen: Was habt ihr erlebt? Was war gut und was hat Ihr Kind traurig gemacht? Hat sich Ihr Kind über etwas geärgert? Offen sprechen ist ein sehr wichtiger Punkt, damit Kinder sich geschätzt, geborgen und geliebt fühlen.

Es ist sehr wichtig, den Tag positiv abzuschließen, vor allem für Kinder. Bitten Sie Ihr Kind daher, Ihnen drei Dinge zu nennen, die am heutigen Tag besonders gut gelungen sind und worüber es stolz ist. Was war besonders schön? Worüber hat es sich heute besonders gefreut?

Diese Übung hilft nicht nur dabei, auf den Tag zurückzublicken und die Geschehnisse loszulassen, sondern fördert auch die Reflexionsfähigkeit des Kindes. Gleichzeitig wird das Selbstbewusstsein des Kindes und die Dankbarkeit gestärkt, denn es kann nochmal auf die schönen Dinge des Tages blicken.

Es kann immer wieder mal vorkommen, dass Ihr Kind keine Lust zum Erzählen hat. Nehmen Sie sich dann einfach ein wenig Zeit zum Kuscheln und Schmusen. Auch so kann Ihr Kind zusammen mit den Eltern Abstand vom Tag gewinnen. Auf jeden Fall ist es sehr wichtig, den Tag immer friedlich zu beenden. Sie können Ihrem Kind auch von Ihrem Tag erzählen, was Sie beschäftigt oder gar geärgert hat. Ihr Kind kann seinen Ärger auch einem lieben Kuscheltier erzählen, wenn das leichter fällt. Schickt den Ärger zusammen zum Himmel und lasst ihn bewusst los. Das ist ein sehr wertvolles Abendritual, das dem Kind hilft, loszulassen und ruhig in die Nacht zu gehen.

Auch mit Streit sollte man nie ins Bett gehen. Sprechen Sie daher unbedingt mit Ihrem Kind, falls noch etwas zwischen euch steht. Loslassen ist somit nicht nur für Kinder, sondern auch für die Eltern von grundlegender Bedeutung. Rituale sind wichtig. Sie geben Sicherheit, sie helfen in schwierigen Alltagssituationen weiter und helfen dabei, Emotionen zu kontrollieren.

Der richtige Umgang mit Gefühlen, Ängsten & Sorgen

Alle Eltern freuen sich, wenn ihre Kinder glücklich sind und lachen. Es fällt viel schwerer, negative Emotionen wie zum Beispiel Zorn oder Angst zu akzeptieren und konstruktiv damit umzugehen. Doch jede Emotion ist sehr wichtig und gleich viel wert. Deshalb müssen sowohl negative als auch positive Gefühle in gleichem Maße beachtet werden.

Kinder sind impulsiver als Erwachsene

Kinder haben keine anderen Emotionen als erwachsene Personen, sie leben diese nur deutlich impulsiver und extrovertierter aus. Sie halten ihre Gefühle im Allgemeinen nicht lange versteckt: Wenn es ihnen gut geht, dann singen, jubeln, hüpfen, erzählen und tanzen sie. Wenn sie sich schlecht fühlen, dann jammern, weinen und schreien sie. Kinder leben den Augenblick, und das spüren Eltern ganz deutlich. Manchmal werden Kinder von ihren intensiven Emotionen richtig beherrscht oder gar überwältigt.

Kinder kennen unter Umständen noch nicht die ganze Bandbreite an Emotionen. Es gibt so viele verschiedene Gefühle, die für Kinder neu sind und erst kennengelernt werden müssen. Es muss erst einmal geübt werden, mit ihnen umzugehen. Erwachsene hatten ausreichend Zeit, um zu lernen, wie sie ihre Gefühle erkennen, beherrschen und kontrollieren können, doch auch ihnen fällt es im Alltag noch oft sehr schwer, das umzusetzen. Aus diesem Grund muss umso gefühlvoller auf Kinder zugegangen werden, die eine solche Gefühlskontrolle in der Kürze der Zeit noch nicht erlernen konnten. Ebenso ist es sehr wichtig, auch als erwachsene Person niemals mit ungefilterten Gefühlen auf die Kinder zuzugehen.

Alle Emotionen sind richtig und dürfen gezeigt werden

Es ist von zentraler Bedeutung, dass Kinder ihre Emotionen ausleben dürfen und dass sie diese nicht unterdrücken oder zurückhalten müssen. Auch wenn Eltern eine emotional belastende Situation nicht gleich erkennen oder als Bagatelle abtun, sollten Kinder in der Gegenwart leben und das äußern, was aktuell in ihnen vorgeht.

Selbst wenn Sie eine Reaktion Ihres Kindes mal nicht nachvollziehen können, sollten Sie seine Gefühle nicht kleinreden oder abschwächen. Das Kind hat definitiv ein Recht darauf, das zu fühlen, was es fühlt. Zeigen Sie ihm, dass Sie es ernst nehmen, und helfen Sie nach Möglichkeit bei der Emotionsbewältigung.

Gefühle ernst nehmen

Wenn sich Kinder einmal wehtun, hört man viele Eltern schnell sagen: „Das ist nicht so schlimm! Nein, du musst nicht weinen!“ Wenn Kinder Angst haben und sich mal etwas nicht trauen, versuchen wir sie als erwachsene Menschen zu überzeugen: „Du brauchst Dich nicht fürchten, schau, dafür gibt es gar keinen Grund.“

Auffällig ist vor allem, dass solche Aussagen hauptsächlich bei negativen Emotionen gemacht werden. So kann im Laufe der Zeit der Eindruck bei den Kleinen entstehen, dass bestimmte Emotionen – nämlich negative – gar nicht gewünscht sind. Infolgedessen versucht das Kind, sein eigenes Verhalten anzupassen und demnach negative Gefühle gar nicht mehr zu zeigen. Ein solches Verhalten tut weder Ihrem Kind noch Ihnen als erwachsener Person auf Dauer gut. Sie können nicht permanent ein Strahlemann sein, bestens gelaunt und immer zufrieden. Und das müssen Sie auch nicht! Dasselbe gilt für Ihr Kind. Trauer, Wut, Angst oder Enttäuschung sind völlig normale Emotionen, die fest zum Leben gehören und somit auch geäußert werden dürfen.

Ablenkung ist keine Problemlösung

Viele Eltern versuchen, ihrem Kind etwas zu schenken, vor allem, wenn es traurig oder wütend ist. Solche Ablenkungsmanöver sind jedoch sehr kontraproduktiv und vermitteln dem Kind nicht, dass seine Emotionen wichtig sind. Die Eltern lassen das Kind in einem solchen Augenblick mit seinen Gefühlen allein und lenken den Fokus auf etwas ganz anderes. Häufig passiert das auch aus dem Grund, weil Eltern es selbst nicht aushalten, das eigene Kind enttäuscht oder traurig sehen zu müssen. Doch gerade das ist so wichtig für die Kleinen: Sie müssen sich in jeder Lebenssituation geborgen und ernstgenommen fühlen, denn nur auf diese Weise lernen sie, ihre Emotionen richtig einzuordnen. Ihr Kind muss auch dann ernstgenommen werden, wenn es Angst hat oder wenn es traurig ist. Es muss sich nicht verstellen und lernt somit immer besser, authentisch und ehrlich zu sein.

So kann das Kind seine Gefühle spüren, erkennen und gezielt kontrollieren. Es findet den Weg heraus aus dem emotionalen Dschungel, und dabei möchte es liebevoll von den eigenen Eltern begleitet werden. Seien Sie für Ihr Kind da, hören Sie ihm zu und bringen Sie ihm in allen Alltagssituationen Verständnis entgegen. Wenn das Kind seinen Gefühlen freien Lauf lässt, helfen Sie ihm dabei, achtsam mit sich selbst umzugehen.

Kinder liebevoll durch den emotionalen Dschungel leiten

Jeden Tag erleben Kinder viele verschiedene Emotionen wie zum Beispiel Neid, Freude, Zorn oder Angst. Sie erleben diese Gefühle deutlich intensiver als erwachsene Personen. Manchmal „stolpern“ sie regelrecht von einer Emotion in die nächste und werden von Gefühlen so sehr beherrscht, dass sie richtig „außer sich“ sind.

Insbesondere Wut ist eine sehr intensive Emotion und eins der stärksten Gefühle überhaupt. Kinder müssen erst lernen, richtig mit dieser großen Emotion umzugehen. Sie ärgern sich über etwas, und schon bricht es richtig aus ihnen heraus: Sie strampeln, toben, weinen und schreien. Manchmal schlagen sie sogar um sich. Solche Reaktionen von Seiten des Kindes sind völlig normal! Der Umgang mit Wut stellt Eltern aber immer auf eine harte Probe.

Anti-Stress-Tipp – der Wutball

Besorgen Sie sich einen Anti-Stress-Ball. Diesen können Sie im Allgemeinen in jedem Spielzeuggeschäft finden. Ein Anti-Stress-Ball ist ein kleiner Ball aus Gummi, der mit Mehl oder Sandkörnern gefüllt ist. Wenn Sie möchten, können Sie gemeinsam mit Ihrem Kind auch selbst einen basteln.

Erklären Sie dem Kind nun, dass das der Familien-Wutball ist. Immer wenn ein Familienmitglied zornig ist, kann es den Ball nehmen und auf den Boden werfen. So lässt sich die Wut sprichwörtlich „wegwerfen“.

Wenn also wieder einmal ein Wutausbruch Ihres Kindes droht, können Sie ihm den Wutball geben. So hat es die Möglichkeit, seinen Frust und seinen Zorn einfach rauszulassen. Das tut den Kleinen so richtig gut, Sie werden sehen.

Neben der Wut gibt es noch eine weitere sehr große Emotion, nämlich die Freude. Kinder müssen lernen, Freude zu empfinden und diese auch zu genießen! Alle Kinder sind in der Lage, glücklich zu sein und sich zu freuen.

Vor allem, wenn Kinder spielen und lachen, sind sie glücklich und froh: Sie jauchzen, toben, haben puren Spaß und leuchtende Augen. Es gibt tatsächlich kaum etwas Schöneres als ein herzliches und ehrliches Kinderlachen!

Unterstützen Sie Ihr Kind, diese Fähigkeit zu erlernen und sich unbändig zu freuen. Ermutigen Sie es von Beginn an, dass es solche positiven Emotionen bewusst fühlt und sich diese Fähigkeit ein Leben lang erhält.

Auch Erwachsene müssen sich die Freude am Schönen bewahren und glücklich durch das Leben schreiten, auch wenn mal nicht alles rund läuft. Die Weichen dafür werden bereits in frühester Kindheit gestellt.

Bedauerlicherweise verlieren sehr viele Menschen im Laufe ihres Lebens die Fähigkeit, sich an den schönen Dingen der Welt zu erfreuen. Das hat oft auch etwas mit den falschen Glaubenssätzen zu tun, nach denen tagtäglich gelebt wird.

Dieses sogenannte Mindset wurde uns durch die Eltern, die Geschwister, die Erzieher und die Lehrer mitgegeben. Das soziale Umfeld hat uns also deutlich geprägt.

Es gibt positive, aber auch negative Glaubenssätze: Die negativen sind eine massive Einschränkung, während die positiven uns richtig stärken.

Bereits in frühester Kindheit verinnerlichen wir unterschiedliche Botschaften, einige sogar so stark, dass sich daraus feste Glaubenssätze entwickeln.

Negative Glaubenssätze können das Selbstbewusstsein und die Lebensfreude des Kinders drastisch mindern. Hierzu gehören zum Beispiel die folgenden Sätze:

- Freu Dich mal lieber nicht zu früh!
- Ja, noch kannst Du lachen!
- Das schaffst Du doch ohnehin nicht!
- Vergiss es schon mal, das wird nichts!
- Streng Dich lieber mal an!
- Halte Dich bitte zurück, das stört die anderen!
- Ah, Du bist aber auch ein echter Pechvogel!
- Hm, ich weiß nicht, ob das so eine gute Idee ist.
- Sei immer schön brav, sonst mögen Dich die anderen Menschen nicht!
- Die anderen sind wirklich besser und braver als Du!

Keine Mutter und auch kein Vater spricht solche Sätze aus, um das Kind niederzumachen. Vielmehr sagen Eltern solche Dinge ganz unbewusst, doch in den Kindern arbeiten diese Botschaften intensiv weiter. Eltern wollen ihre Kinder motivieren, sie vor etwas bewahren oder ihnen Enttäuschungen ersparen.

Aus einem sehr guten Vorhaben entsteht aber leider oft etwas sehr Unproduktives. Das zeigt, wie anstrengend Kindererziehung manchmal sein kann und welch hohe Verantwortung Eltern doch tragen! Achten Sie also einmal bewusst darauf, solche Sätze nicht zu häufig zu sagen, damit das Kind seine kindlich-natürliche Freude auf gar keinen Fall verliert.

Eine weitere Emotion, die definitiv zum Leben mit dazugehört, ist Angst. Angst ist im Allgemeinen nichts Schlimmes, im Gegenteil: Sie ist ein Warnsignal, eine essenziell wichtige Emotion, die uns hilft, Gefahren und Bedrohungen rechtzeitig zu erkennen.

Angst bietet also einen gewissen Gefahrenschutz. Dennoch ist es im Rahmen der kindlichen Entwicklung grundlegend wichtig, dass Kinder ihre Ängste überwinden und positiv durch das Leben gehen können. Dabei sind Eltern zentrale Unterstützer.

In jedem Lebensalter tauchen typische Ängste auf, die zur normalen Entwicklung eines Kindes einfach mit dazugehören. Sie sind wichtig für den emotionalen, aber auch für den kognitiven Reifeprozess der Kleinen. Es ist so wichtig, Kindern diese Ängste zuzugestehen, auch wenn Eltern ihre Kinder am liebsten vor allem bewahren und sie in Watte packen würden.

Zwischen dem ersten und dem dritten Lebensjahr weisen die meisten Kinder oft Trennungsängste auf. Zwischen dem zweiten und dem vierten Lebensjahr haben die Kleinen oft diffuse Ängste: So haben sie zum Beispiel Angst vor Monstern unter dem Bett, vor Geistern oder Hexen.

Zwischen dem fünften und dem siebten Lebensjahr konkretisieren sich die Ängste der Kinder bereits: Sie denken logischer und haben demnach Angst vor Naturkatastrophen, Kriegen, Tod oder ähnlichen Dingen, die sie hören oder im Fernsehen sehen.

Ganz egal, welche Ängste Ihr Kind auch hat, Sie sollten es immer ernst nehmen und achtsam darauf reagieren, auch wenn Sie es nicht immer nachvollziehen können.

Vergessen Sie nicht, dass für Ihr Kind die Angst eine absolut reale Emotion ist. Es fürchtet sich im Augenblick einfach, auch wenn es keinerlei logische Argumente dafür gibt. Dieses Gefühl ist sehr intensiv und beherrscht und braucht keine logisch-sachliche Untermauerung.

Damit Kinder normale, entwicklungsbedingte Ängste überwinden können, brauchen sie dringend die Unterstützung ihrer Eltern. Hören Sie Ihrem Kind daher immer aufmerksam zu und fragen nach. In vielen Fällen helfen kleine Mutmacher, zum Beispiel in Form von guten Botschaften. Solche positiven Glaubenssätze stärken Ihr Kind und helfen ihm, an den Herausforderungen des Lebens und diversen Ängsten zu wachsen. Sie begleiten Ihr Kind ein ganzes Leben lang und sind ihm eine wertvolle Stütze.

Zu diesen positiven Glaubenssätzen gehören zum Beispiel folgende Botschaften:

- Ich glaube an dich, mein Schatz!
- Du bist mutig, kraftvoll und stark!
- Ich liebe dich, ganz egal was kommt.
- Trau dich ruhig was!
- Du bist ein großartiges Kind!
- Das schaffst du, absolut!

Das Kind verinnerlicht diese Glaubenssätze und lernt, in schwierigen Alltagssituationen darauf zurückzugreifen. Ermutigen und helfen Sie Ihrem Kind, verschiedene Hürden zu überwinden. Unterschätzen Sie nicht, welch motivierende Wirkung diese positiven Glaubenssätze haben - und zwar sogar weit über die Kindheit hinaus. Sie prägen Ihr Kind nachhaltig und stärken sein Selbstvertrauen.

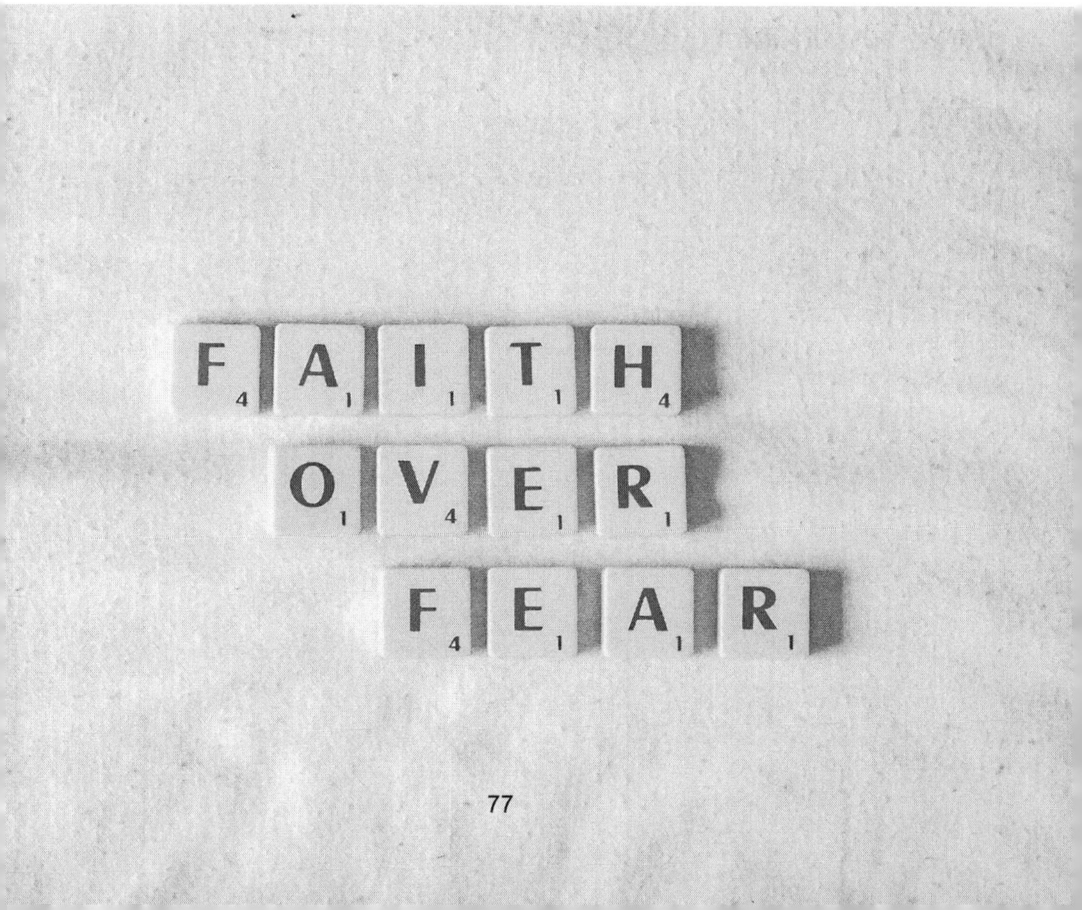

Kleines Mut-Training

a. **Sprechen Sie mit Ihrem Kind über seine Ängste**

   Was bedrückt dich?
   Was macht dir Angst?

b. **Fragen Sie Ihr Kind, was es sich vorstellt: Ihr Kind soll beschreiben, wovor es sich fürchtet.**

   Was wäre das Schlimmste, was passieren könnte?
   Was wäre für Dich am gruseligsten?
   Was kann so Schreckliches denn kommen?

c. **Nun geht es an die Argumentation! Erklären Sie Ihrem Kind – unbedingt altersentsprechend –, warum es keine Angst zu haben braucht oder warum seine Befürchtungen ganz unwahrscheinlich sind. Sprechen Sie am besten immer in Ich-Botschaften.**

   Ich kann verstehen, dass du dich fürchtest vor …
   Wir sind immer für dich da, mein Schatz, hab keine Angst!

d. **Schenken Sie Ihrem kleinen Schatz ein Symbol, das ihn dabei unterstützt, die Angst zu überwinden. Kinder lieben solche kleinen zauberhaften Helfer!**

   Hier habe ich einen Glücksstein für Dich, der zaubert Deine Furcht einfach weg.
   Hier hast du ein kleines Kuscheltier: Das ist von nun an der „Sorgenfresser“, der frisst all Deine Ängste auf!

In manchen Fällen entwickeln Kinder ganz spezielle Eigenheiten. Sie klammern sich beharrlich an bestimmten Ängsten fest, obwohl sie sich davor eigentlich schon lange nicht mehr fürchten. Das kann zum Beispiel die Angst sein, nachts allein einzuschlafen. Oft ist es gar nicht so einfach zu erkennen, ob das Kind nun wirklich Angst hat oder ob nicht vielmehr bestimmte Gewohnheiten dahinterstecken. Kinder bekommen natürlich sehr viel Aufmerksamkeit von ihren Eltern und ihrer Umwelt, wenn sie sagen, dass sie Angst haben, und das merken die Kleinen bereits recht früh. Dass Eltern sich so verhalten, ist auch wichtig und richtig, denn Ängste sollten lieber zu ernst genommen als zu sehr verharmlost werden.

Problematisch wird es jedoch, wenn Kinder merken, dass sie dadurch auch Macht über Mutter und Vater haben. So brauchen sie nur laut zu rufen, und schon eilt die Mama ins Zimmer oder sie dürfen im elterlichen Bett schlafen. Auf Dauer ist das mit Sicherheit nicht der richtige Weg.

Oftmals versuchen Kinder einfach, ihre Grenzen auszutesten. Aus diesem Grund ist es auch essenziell, klare Grenzen aufzuzeigen, Regeln aufzustellen und diese auch konsequent einzuhalten. Sie kennen Ihr Kind am allerbesten und können am besten unterscheiden, wann es wirklich Angst hat und wann es sich eher um eine Angewohnheit handelt. Sie können bei Zweifeln Ihr Kind auch vorsichtig darauf ansprechen: „Ich habe das Gefühl, dass Du abends nach mir rufst, weil du nicht allein schlafen magst und nicht, weil du Angst hast.“

Mit Kindern richtig kommunizieren anstatt schimpfen

Es hat einen wesentlichen Einfluss darauf, wie wir mit unseren Kindern tatsächlich kommunizieren, denn das entscheidet darüber, ob es später einmal selbstbewusste Erwachsene werden oder nicht.

Mit Sicherheit gibt es immer wieder mal Alltagssituationen, in denen wir so richtig schimpfen oder meckern könnten. Stellen Sie sich vor, dass sich Ihr Sohn weigert, zur Schule zu gehen. Er trödelt nur herum und hat richtig schlechte Laune. Da geht es richtig schnell, dass Sie auf einmal irre spät dran sind. Da bricht es einfach aus Ihnen heraus, Sie schreien, kritisieren und schimpfen! Doch schon im selben Moment merken Sie oft, dass es keine gute Idee war. Denn im Grunde wollten Sie nicht mehr laut werden. Das Kind schaut Sie nur fragend an und beginnt noch mehr zu schmollen, zu trödeln und sich zurückzuziehen.

Die gute Nachricht ist: Sie können es sich angewöhnen, in solchen Momenten besser zu reagieren und noch mehr auf das Kind einzugehen. Wenn es Eltern im Alltag gelingt, die Bedürfnisse ihrer Kinder wahrzunehmen und zu respektieren, können sie ihnen ein gesundes Selbstwertgefühl vermitteln.

Es ist unglaublich wichtig, in welcher Form wir mit unseren Kindern kommunizieren. Wenn wir einem Kind immer wieder sagen, dass es für etwas zu dumm ist und es das oder jenes ohnehin nicht kann, dann wird es das irgendwann glauben und verinnerlichen. In der Psychologie ist hier von sich selbsterfüllenden Prophezeiungen die Rede. Wenn wir einem Kind immer wieder erzählen, dass es ein Angsthase und ein Weichei ist, dann stellen wir damit die Emotionen des Kindes zutiefst in Frage.

Das heißt aber nicht, dass man Kindern immer sagen muss, dass sie klug sind, künftig Genies werden und einfach alles können.

Das Beste, was Mütter und Väter tun können, ist, die Kleinen zu ermutigen, selbst herauszufinden, wer sie sind, was sie im Leben wollen und was sie richtig gut können.

Es ist wichtig, dass Kinder lernen, ihre Gefühle auszudrücken und diese auch ernst zu nehmen. Wenn Ihr Kind nun sagt: „Ich habe keine Lust mehr, ich möchte nie mehr in die Schule gehen", dann wäre es falsch zu antworten: „Du musst gehen! Es gibt bei uns im Land schließlich eine Schulpflicht!" Auf diese Weise würden Sie die kindlichen Emotionen nicht ausreichend respektieren. Viel wichtiger wäre es zu sagen: „Du wirkst so aufgebracht, was ist denn nur passiert? Möchtest du mit mir darüber sprechen?"

Wenn Ihre Tochter sagt: „Mia ist richtig blöd!", dann ist es falsch zu erwidern: „So spricht man nicht über eine Freundin." Antworten Sie lieber: „Du scheinst mir ja richtig wütend auf Mia. Ich bin für dich da, wenn du mit mir darüber reden willst." Sicher ist es wichtig, Kindern auch zu vermitteln, dass man so nicht über Freunde spricht, doch wenn das Kind so richtig aufgebracht ist, ist es nicht der richtige Zeitpunkt.

Ebenso ist es, wenn Ihre Tochter zum Beispiel sagt: „Ich glaube, Jenny möchte nicht mehr mit mir befreundet sein." Wenn Eltern hier sagen: „Quatsch, natürlich mag sie dich!", dann zeigen sie damit, dass sie die Gefühle des Kindes überhaupt nicht ernst nehmen. Wichtiger wäre zu sagen: „Wie kommst du denn darauf, Schatz? Magst du mit mir darüber sprechen, was zwischen euch beiden passiert ist zwischen?"

Es ist wichtig, dass sich Eltern für ihre Kinder ernsthaft interessieren. Dazu gehört natürlich auch Lob, doch ebenso auch mal liebevolle Korrekturen. Nur wenn die Eltern sich wirklich für die Bedürfnisse des Kindes interessieren, können auch die Kleinen lernen, ihre eigenen Emotionen ernst zu nehmen.

Kinder müssen zudem nicht nur ihre eigenen Gefühle und Bedürfnisse ernst nehmen, sondern auch die anderer Menschen. Das eigene Beispiel durch die Eltern spielt hier eine zentrale Rolle.

5 Power-Tipps für mehr Gelassenheit & weniger Schimpfen

Vergessen Sie nicht, dass es nichts bringt, das Kind zu schimpfen, außer, dass Sie das Kind mit verbaler Gewalt verletzen und die Beziehung zwischen Ihnen nachhaltig beeinträchtigen.

Kinder haben nun mal eine ganz eigene Wahrnehmung. Sie haben ein anderes Zeitgefühl als wir Erwachsene und können es somit nicht immer verstehen, wenn wir Erwachsenen es mal wieder richtig eilig haben. Wenn wir ihnen mitteilen, dass wir in zehn Minuten dringend losmüssen, dann ist ihnen das oftmals gar nicht wirklich klar.

Damit Sie dennoch ruhig bleiben, gelassen reagieren und nicht schimpfen, gibt es hier noch **5 Power-Tipps**:

1. Richtig kommunizieren, weniger schimpfen!

Kommunikation und richtig miteinander sprechen ist das A und O – vor allem im Zeitmanagement. Sagen Sie nicht, dass Sie in fünf Minuten dringend losmüssen, sondern bitten Sie Ihr Kind, sich einfach anzuziehen und draußen auf Sie zu warten.

Auch unterwegs kommt es häufig zu Konflikten mit Kindern. So möchte ihr Kind beim Einkaufen am liebsten alle Süßigkeiten mitnehmen, im Restaurant sorgt es für Bewegung und rennt zwischen allen Tischen hin und her, und auf dem Spielplatz werden andere Kinder durchaus mal mit Sand beworfen. Klar, dass Eltern da mal der Geduldsfaden reißen kann und sie zu schimpfen beginnen, doch versuchen Sie es zunächst einmal anders. Sprechen Sie mit Ihrem Kind schon im Vorfeld und sagen Sie ihm, dass es beim Einkaufen gerne eine Süßigkeit mitnehmen kann.

Im Restaurant wird nicht umhergelaufen, damit auch andere Besucher und Gäste in Ruhe essen können. Am Tisch darf aber leise gespielt werden. Nehmen Sie zu einer solchen Location auch unbedingt ein paar Spielsachen mit. Auch beim Spielplatz gibt es Regeln: Der Sand bleibt im Sandkasten! Erklären Sie Ihrem Kind aber unbedingt auch, warum Sie das wollen.

Indem Sie im Vorfeld ruhig und lieb mit Ihrem Kind sprechen, vermeiden Sie es, dass Sie tagsüber permanent Anweisungen geben müssen. Sie sind weniger gestresst und genervt, und auch Ihr Kind hat nicht mehr das Gefühl, es Ihnen ohnehin nicht recht machen zu können.

Das Wichtigste an der Eltern-Kind-Kommunikation ist deshalb: Sprechen Sie immer auf Augenhöhe miteinander.

2. Arbeiten Sie in der Erziehung mit Bildern

Ein ganz toller Trick ist auch das Arbeiten mit Bildern. Kinder haben ein ganz anderes Zeitgefühl, und vor dem Schulalter können die meisten auch noch nicht lesen. Damit das Kind aber dennoch den Tagesablauf nachvollziehen und besser verstehen kann, sollten Sie eine Uhr basteln, die keine Zahlen, dafür aber Bilder enthält. Malen Sie Ihren Alltag hinein, der mit dem morgendlichen Aufstehen beginnt, über die Kita, die Spielzeit, den Sport, die gemeinsamen Familienmahlzeiten, das abendliche Zähneputzen und Gute-Nacht-Geschichten-Lesen geht und schließlich mit dem Schlafengehen endet. So kann Ihr Kind genau sehen, wo es sich aktuell gerade befindet und was als Nächstes ansteht.

3. Bewahren Sie die Ruhe

Wie man in den Wald hineinschreit, so schallt es auch wieder hinaus – das ist ein bekanntes Sprichwort. In der Erziehung hat es aber große Gültigkeit. Wenn wir laut sind, bekommen wir es laut zurück, und das können wir dem Kind nicht einmal vorhalten.

So sehr die kindliche Trotzphase uns Eltern auch an die Grenzen bringen kann, so wichtig ist es doch, ruhig zu bleiben und immer wieder zu versuchen, den richtigen Ton anzuschlagen. Das ist nicht immer einfach, doch man kann es mit Geduld erlernen, und es ist der beste Weg, um besser an die Kinder heranzukommen.

Damit vermeiden Sie Wutanfälle Ihres Kindes, und Sie vermeiden auch, dass Wut in Ihnen selbst aufsteigt und Sie Ihr Kind anschreien. Wenn Sie einmal merken, dass Sie sich zu sehr ärgern, sollten Sie den Raum verlassen und einige Male tief ein und wieder ausatmen. Gehen Sie dann zurück zu Ihrem Kind und versuchen Sie, in Ruhe über Vorkommnisse zu sprechen.

4. Erforschen Sie die Ursachen für Konflikte

Vor allem Eltern, die mehrere Kinder haben, denken oft, dass sich die Geschwister untereinander mit glatter Absicht ärgern.

Stellen Sie sich einmal folgende Situation vor: Ihre Tochter hat gerade ein Auto Ihres Sohnes in der Hand und fährt damit auf Ihrem Bein rauf und runter. Nun kommt Ihr Sohn und nimmt der Kleinen das Auto weg, um selbst damit zu spielen.

Wie reagieren Sie?

Im Normalfall würden Sie jetzt mit dem Jungen schimpfen und ihr das Auto zurückgeben. Das hat aber noch nie etwas gebracht, wenn wir ehrlich sind. Nehmen Sie stattdessen lieber das Auto selbst in die Hand und setzen Sie sich mit beiden Kindern hin. So haben Sie die Aufmerksamkeit beider und können herausfinden, ob der Junge wirklich mit dem Auto spielen will oder doch nur ein wenig Aufmerksamkeit haben möchte. Wenn der Junge nur ebenfalls Ihre Aufmerksamkeit will, setzen Sie sich mit beiden hin, erklären Sie die Funktionen eines Autos und spielen Sie zu dritt!

5. Schrauben Sie Ihre Erwartungen und Ansprüche nach unten!

Soziale Medien, Fachzeitschriften und die Gesellschaft allgemein leben uns immer wieder eine heile Familienwelt vor. Die Kinder sind sauber und gemäß den aktuellsten Trends gekleidet. Das Haus ist staubfrei, blitz-blank und modern eingerichtet. Der Dreijährige fährt schon Fahrrad, und das kleine Baby krabbelt auf dem flauschigen Wohnzimmerteppich.

Unbewusst versuchen wir genau mit solchen Vorbildern „Schritt zu halten". Wir möchten es genauso gut machen und alles so schön haben. Es fällt uns schwer, Fehler einzugestehen oder darüber zu sprechen, wenn mal etwas nicht so glatt läuft.

Wichtig ist hier, sich selbst nicht unter einen zu hohen Stress zu setzen. Ärgern Sie sich nicht gleich über Dinge und geben Sie nicht immer gleich den Kindern die Schuld! Schimpfen Sie nicht immer mit dem Kind, sondern denken Sie erst mal kurz in Ruhe darüber nach, ob es wirklich so schlimm ist.

Bleiben Sie gelassen und machen Sie sich immer wieder bewusst, dass es gut so ist, wie es bei Ihnen ist. Zufriedenheit bringt sehr viel Ruhe und Harmonie in die Familie und in die Kindererziehung und ermöglicht ein achtsames und bereicherndes Miteinander!

BONUS – Tipps & Tricks für Mütter und Väter

Sprache

Für das Kind sind klare Worte besonders wichtig. Nur dann weiß es genau, was es tun oder lassen soll. Für Ihr Kind ist es beispielsweise besser, wenn Sie ihm sagen „Lass deine Füße ruhig auf dem Boden stehen“ anstatt „Sitz still“. Dies ist für Ihr Kind dann eine bessere Handlungsanweisung. Ebenfalls ein gutes Beispiel gibt es, wenn zwei Kinder sich streiten. Hier sollten die Eltern lieber zu dem Kleinen sagen: „Reiche Henry die Hand und entschuldige dich bei ihm“, anstatt: „Vertrag dich“. Kinder wissen hier oft nicht, wie genau sie sich vertragen sollen, und durch die klare Anweisung haben sie eine bessere Vorstellung davon. Es wird somit verhindert, dass das Kind etwas falsch versteht oder ihm etwas Falsches eingeredet wird.

Schöne Wortwahl

Sie sollten darauf achten, dass Sie Ihr Kind mit positiven Äußerungen stärken und nicht nur mit negativen schwächen. Hier geht es nicht um Schmeicheleien, sondern darum, dass Sie Ihr Kind stärken. Wer als Kind immer wieder den Satz „Du schaffst das nicht/Du bist zu dumm dafür“ hört, leidet darunter oft das ganze Leben. Motivierende Sätze wie „Du Schlauberger“ oder „Du schaffst das“ stärken dagegen das Selbstbewusstsein Ihres Kindes.

Sparsamer Umgang mit dem Wörtchen „Nein“

Viele Eltern neigen dazu, ständig „Nein“ zu ihren Kindern zu sagen. Dadurch verhindern sie allerdings sehr oft, dass der kleine Sprössling selbst Erfahrungen machen kann und die Welt erkundet. Ein solches Verhalten liegt oft daran, dass die Eltern in ihrer Erziehung übervorsichtig sind.

Oft versuchen kleine Kinder, die Blätter einer Topfpflanze zu berühren, um ihre Umgebung zu entdecken. Hier könnten die Eltern anstatt mit einem „Nein“ auch reagieren, indem sie dem Kind erklären, dass es nur die Blätter anfassen soll.

Es ist wichtig, dass Sie Ihr Kind auch die Welt erkunden lassen. Natürlich sollen Sie hier nicht alles tolerieren, aber durch ein gesundes Maß an Vertrauen und Erklärungen können Sie Ihrem Kind dabei helfen. Ansonsten kann es passieren, dass ein „Nein“ zur heißen Herdplatte für das Kind genauso klingt wie das „Nein“ zur Topfpflanze. Das Kind verlernt dadurch, das Wort „Nein“ richtig zu deuten und wahrzunehmen. Achten Sie daher immer darauf, nicht übervorsichtig zu sein und Ihr Kind auch die Welt entdecken zu lassen.

Blickkontakt halten

Nicht nur im Gespräch mit Erwachsenen ist es wichtig, Augenkontakt zu halten, sondern auch mit Kindern. Kinder neigen dazu, sich leichter ablenken zu lassen. Ohne das Gegenseitige in die Augen schauen nehmen sie das Gesagte oftmals gar nicht richtig wahr. Achten Sie deshalb darauf, ihrem Kind direkt in die Augen zu sehen, wenn Sie mit ihm sprechen. Ansonsten kann es passieren, dass sich Ihr Kind gar nicht wirklich angesprochen fühlt und somit auch nicht zuhört. Gerade auch, wenn es um unangenehme Gespräche geht, können Sie zu Ihrem Kind sagen: „Sich mich jetzt bitte an", damit das Gesagte auch wirklich Wirkung zeigt und Ihr Kind Ihnen zuhört.

Konsequenzen

Angekündigtes wird eingehalten

Gerade für Kinder ist es wichtig, sich auf die Erwachsenen verlassen zu können. So sollte ein Kind bei den Eltern immer wissen, woran es ist. Wenn Sie Ihrem Kind versprechen, es von der Schule abzuholen, dann sollten Sie auch verlässlich dort sein. Ein gutes Beispiel ist hier ein Zoobesuch. Wenn die Mama verspricht, mit Mia am nächsten Tag in den Zoo zu gehen, dann tut sie dies auch. Es sei denn, dass Wetter wäre so schlecht, dass ein Zoobesuch angemessen wäre. Dann können Mia und ihre Mama aber verbindlich einen anderen Tag festlegen.

Eltern haben für Kinder eine Vorbildfunktion, und so orientieren sie sich an ihrem Verhalten. Das Kind lernt so, dass es sich auf die Eltern verlassen kann, und wird auch im eigenen Verhalten mit anderen so umgehen.

Verweigern

Gerade wenn es ums Thema Verweigern geht, tun sich viele Eltern schwer. Denn bei Ihren Kindern machen sich Eltern dadurch nur selten beliebt. Es kann passieren, dass Ihr Kind anfängt zu kreischen oder sich auf den Boden wirft. Eins ist hierbei allerdings wichtig: dass Sie dem Kind nicht nachgeben. Die Kinder werden diese Taktik sonst immer wieder anwenden, weil sie genau wissen, dass die Eltern nachgeben werden.

Es ist wichtig, dass Sie Ihrem Kind Grenzen setzen. Dadurch wird es in seiner Entwicklung wachsen und sich besser entwickeln. Hierbei geht es beispielsweise um materielle Grenzen, wenn Geschenke nicht sofort gekauft werden, oder auch um soziale Grenzen, indem ein bestimmtes Verhalten nicht geduldet wird.

Sie bringen Ihrem Kind durch das Verweigern vieles für das weitere Leben bei. Achten Sie darauf, dass Sie ihm zeigen, dass Sie Verständnis für die Situation haben, und ihm auch gleichzeitig erklären, dass Ihr Verweigern einen Hintergrund hat.

Miteinander

Kinderideen? Ja, bitte!

Oft passiert es, dass Kinder Vorschläge machen, die aber sofort von Erwachsenen ausgeschlagen werden. Manchmal wäre es aber doch sinnvoll, die Ideen der Kleinen auszuprobieren. Kinder denken und handeln ganz anders als Erwachsene. Genau deshalb kann es interessant sein, sie probieren zu lassen. Wägen Sie beim nächsten Mal genau ab, ob Sie Ihr Kind die Idee nicht doch ausprobieren lassen oder ob es besser wäre, „Nein“ zu sagen. Geben Sie Ihrem Kind eine Chance, selbst Dinge auszuprobieren, bevor Sie es im Vornherein ablehnen.

Die Eigeninitiative des Kindes stärken!

Wenn Sie Ihrem Kind die Möglichkeit der Eigeninitiative geben, werden Sie oftmals überrascht sein, was alles in ihm steckt. Kinder beginnen dann von selbst, den Erwachsenen zu helfen oder sie zu unterstütztten. Sei es im Haushalt, beim Backen oder auch im Garten. Zeigen Sie Ihrem Kind hier immer wieder, dass Sie sein Engagement wertschätzen.

Wenn Eltern ihre Kinder immer wieder von vornherein dabei stoppen, müssen sie sich nicht wundern, wenn das Kind nicht mehr mithelfen möchte, dies auch nicht anbietet und verlernt, seine Grenzen realistisch einzuschätzen.

Schmerzen ernstnehmen!

Es ist wichtig, dass Sie Ihr Kind ernst nehmen. Gerade wenn Ihr Kind hingefallen oder krank ist, sollten die Eltern ihm diese Empfindungen zugestehen.

Kinder prägen sich das Verhalten der Eltern sehr gut ein, und gerade, wenn sie das Gefühl haben, dass ihre Schmerzen nicht ernst genommen werden, kann es passieren, dass sie den Eltern später nichts mehr erzählen - weder von Schmerzen noch von schönen Dinge.

Als Elternteil sollten Sie Ihr Kind ernst nehmen und aufmuntern. Zeigen Sie Ihrem Kind, das Sie es ernst nehmen, indem Sie es fragen, wo es wehtut, oder ihm signalisieren, dass alles gut wird.

Am Tisch

Extrawurst gibt es nicht!

Das Essen für die Familie vorzubereiten, ist oftmals gar nicht so einfach. Gerade wenn Kinder etwas nicht essen möchten, geraten Eltern oft an ihre Grenzen. Hier ist es wichtig, dass Sie die Bedürfnisse Ihres Kindes akzeptieren und es nicht zum Essen zwingen. Ebenso ist es aber auch wichtig, dass Sie dem Kind nicht immer etwas Eigenes zu Essen kochen. Gerade dann, wenn Kinder hier sehen, dass Mama und Papa immer wieder nachgeben und nur das Kochen, was dem Kleinen schmeckt, nutzen sie so etwas schnell aus. Ebenso ist es wichtig, dass Kinder Neues kennenlernen und auch gerade in Puncto Essen Neues probieren und neue Erfahrungen machen. Bei Kindern verändert sich der Geschmack oft, und deshalb können Bohnen heute lecker sein, während Ihr Kind sie nächste Woche nicht mehr essen möchte. Versuchen Sie, Ihr Kind immer dazu zu ermutigen, dass es das Essen probiert.

Alles aufessen?

Kinder sollten ein Gespür dafür bekommen, wie viel sie essen können. Deswegen sollten Sie drauf achten, zu respektieren, wann Ihr Kind satt ist. Bei größeren Kindern ist es wichtig, dem Kind ein Gespür für die Portionsgröße zu vermitteln. Ihr Kind sollte sich nur so viel auf den Tellern legen, wie es auch aufessen kann. Falls hier doch noch etwas übrig bleibt, können Sie ihm anbieten, dass es ausnahmsweise bis zum Abend stehen gelassen werden darf. Kinder gewöhnen sich sehr schnell an, den letzten Bissen auf dem Teller zu belassen. Deswegen ist der sorgsame Umgang mit den Lebensmitteln wichtig für die Kleinen, und sie lernen, Portionen besser einzuschätzen.

Snacks?

Eltern neigen oftmals dazu, dem Kind mehrmals am Tag Kleinigkeiten zu essen anzubieten. Gerade das ist allerdings schädlich, besonders für die Zähne. Die Zähne benötigen nach einer Mahlzeit ungefähr 30 Minuten, bis wieder das Mundklima herrscht, das die Zähne optimal vor Bakterien schützt. Dies gilt auch für süße Getränke. Versuchen Sie deswegen, Ihrem Kind von Beginn anzugewöhnen, Wasser zu trinken. Ebenfalls geeignet ist hier Früchtetee ohne Zuckerzugabe. Zwischen den einzelnen Mahlzeiten sollten gute fünf Stunden liegen, damit der körpereigene Stoffwechsel optimal funktionieren kann.

Das Snacken zwischendurch hat ebenfalls noch den negativen Effekt, dass Ihr Kind keinen Hunger bei den eigentlichen Mahlzeiten hat und dementsprechend auch schlechter isst. Um diesem Kreislauf zu entkommen sollten Sie auf regelmäßige Mahlzeiten achten und Zwischenmahlzeiten vermeiden.

Das richtige Benehmen am Tisch

Damit Ihr Kind gute Tischmanieren lernt, sollten Sie als Erwachsener ein Vorbild sein. Den Kindern sollten die gewünschten Manieren immer wieder mitgeteilt und vorgelebt werden. Nicht nur das Zusehen hilft den Kindern zum richtigen Tischverhalten, sondern auch, wenn Sie als Elternteil einen kleinen Anreiz schaffen. Dies können Sie zum Beispiel dadurch tun, dass Sie mit Ihrem Kind in eine Pizzeria gehen, wenn es sich am Tisch benimmt. Kommunizieren Sie das auch so, um Ihr Kind etwas zu motivieren.

Im Bad

Zähneputzen kinderleicht gemacht

Gerade bei Kindern ist das Zähneputzen oft eine nervenaufreibende Angelegenheit. Sie wollen einfach den Mund nicht öffnen, sobald sie die Zahnbürste sehen. Sie als Eltern können hier beispielsweise probieren, Ihr Kind mit einem Bilderbuch positiv zu beeinflussen.

Es ist wichtig, dass Ihr Kind das Zähneputzen mit etwas Positivem und Angenehmem verbindet. Dies könnte zum Beispiel das Singen von einem Lied sein. Während Ihr Kind Ihnen aufmerksam zuhört und die vertraute Stimme hört, schaffen Sie es, ihm die Zähnchen zu putzen. Sie können hier entweder ein bekanntes Lied singen oder sich etwas ausdenken. Nachdem Sie das einige Male morgens und abends wiederholt haben, kann Ihr Kind auch bereits an der Liedlänge erkennen, wie lange das Zähneputzen noch dauern wird. Dies funktioniert aber natürlich nur, wenn immer wieder dieselben Lieder gesungen werden.

Sie können sich natürlich auch ein Lied selbst ausdenken. Hierbei wecken Sie die Neugierde Ihres Kindes. Während es gespannt darauf wartet, was als Nächstes gesungen wird, können Sie in Ruhe mit dem Zähneputzen beginnen.

Der Erziehungsklassiker: Hände waschen

Das Problem mit dem Händewaschen kennen wohl die meisten Eltern. Kinder kommen vom Spielen ins Haus und möchten sich nicht die Hände waschen. Dabei ist es für die Gesundheit wichtig, dass auf eine entsprechende Händehygiene geachtet wird. Unverzichtbar ist das Händewaschen natürlich vor dem Essen, aber nicht nur da sollte dem Kind ein Bewusstsein für das Waschen geschaffen werden.

Kann das Händewaschen einladend gestaltet werden? Für Kinder ist es wichtig, dass solche Dinge zur Gewohnheit werden.

Wenn Sie das als tägliche Routine wahrnehmen, dann verinnerlichen sie das auch.

Sie könnten beispielsweise als Regel folgende benutzen: „Ohne Händewaschen bleibt der Teller leer“ oder „Beim Heimkommen Händewaschen“. Für Kinder sind diese Regeln fester Bestandteil, und so wird es nach und nach immer besser funktionieren. Um Ihr Kind noch mehr zu motivieren, kann es die Seife aussuchen. Ein spezieller Seifenspender für Kinder hat sich hier auch oftmals bewährt.

Typische Probleme im Erziehungsalltag & Praxisbeispiele

Streit lässt sich zwischen Kindern und Eltern oftmals nicht vermeiden. Es gibt jedoch unterschiedliche Wege, damit umzugehen. Gerade hier kann jeder selbst etwas tun und somit auch verhindern, dass es überhaupt zu Streitigkeiten kommt.

Zeit zum Schlafengehen

Gerade die Zeit vor dem Schlafengehen können Sie positiv durch ein paar Kleinigkeiten beeinflussen. Es ist wichtig, dass noch einmal das Negative vom Tag angesprochen wird, bevor Ihr Kind schlafen geht. Ihr Kind kann hier beispielsweise dem Lieblingskuscheltier von den Sorgen oder schlechten Erlebnissen erzählen, und dieses Kuscheltier zaubert die negativen Gedanken einfach weg. Ein entspannter Tagesausklang ist für Kinder besonders wichtig. Er hilft dabei, dass sich Ihr Kind sicher und geborgen fühlt, und vermittelt eine feste Struktur. Hier können Sie auf feste Rituale setzen, die immer wiederkehren.

Die abendlichen Rituale können sehr unterschiedlich sein. Hier spielt das Alter, die Anzahl der Kinder und auch der Charakter des Kindes eine wesentliche Rolle. Finden Sie ein Ritual, dass allen Familienmitgliedern gut tut und auch gefällt.

Gerade wenn mehrere Kinder ins Bett gebracht werden müssen, ist es wichtig, auf jedes einzeln einzugehen. Als abendliche Rituale bieten sich Geschichten sehr gut an oder auch entspannende Musik.

Ein Beispiel könnte hier zum Beispiel folgendes sein: Christian ist 5 Jahre alt und möchte seine Lieblingsgeschichte aus dem blauen Buch mit dem kleinen Hund vorgelesen bekommen. Stella ist 3 Jahre alt und möchte lieber eine Geschichte mit Prinzessinnen vorgelesen bekommen. Dies ist ein typisches Beispiel, wie unterschiedlich die Wünsche der Kinder sein können. Hier können Sie nun einen Kompromiss schließen, und jeder darf sich einen anderen Tag seine Lieblingsgeschichte aussuchen, oder Sie lesen jedem Kind aus seinem Buch vor. Achten Sie hier aber immer auf die Wünsche und Bedürfnisse Ihrer Kinder und führen Sie feste Rituale ein.

Einkaufen mit Kindern

Oft ist gerade das Einkaufen mit Kindern eine Stressfalle. Eltern möchten den Einkauf schnell erledigt haben und wieder aus dem Supermarkt sein, und Kinder haben hier ganz andere Vorstellungen und Wünsche.

Stressfalle „Einkauf" meiden:

Es ist wichtig, dass vor dem Einkauf klare Regeln erteilt werden. Ihr Kind sollte genau wissen, was es darf und was nicht. Wenn Sie im Supermarkt sind und sich Ihr Kind nicht an die Absprachen hält, sollten Sie unbedingt Konsequenzen ziehen. Achten Sie darauf, dass Sie in dieser Situation nicht nachgeben und konsequent bleiben. Kinder müssen lernen, dass es Regeln gibt, an die sie sich halten müssen. Dies heißt nicht, dass sie alles bekommen, was sie möchten, sondern das klar festgelegt ist, was sie dürfen und was nicht.

Extra Tipp:

Geben Sie Ihrem Kind klare Aufgaben. Dies könnte zum Beispiel sein, dass Ihr Kind für die Gurken oder die Kartoffeln zuständig ist. Wenn es das Produkt auf der Einkaufsliste gefunden hat, darf es sich zum Beispiel ein Eis aussuchen. Es sollte natürlich nicht die Regel sein, dass Ihr Kind etwas Süßes bekommt, aber es bietet einen kleinen Anreiz. Wichtig ist, dass Sie Ihr Kind in den Einkauf einbeziehen. So hat es auch das Gefühl, dass es mithelfen kann.

ANTE LVCRVM NOMEN
MANGIAR BENE
RIZZOLI
DAL
1906
ALICI
IN
SALSA PICCANTE
PARMA

Stresspunkt „Hausaufgaben“

Hausaufgaben sollten Freude bereiten und keine Qual werden. Achten Sie deshalb darauf, dass Ihr Kind von der ersten Klasse an eine positive Einstellung zu den Hausaufgaben erhält.

Extra Tipp: Hausaufgaben-Regeln

Um die Hausaufgaben zu erleichtern, sollten Sie bestimmte Regeln aufstellen. Diese könnten zum Beispiel sein:

- Nach 20 Minuten Hausaufgaben darf das Kind für 10 Minuten eine Pause einlegen.
- Ein Codewort sorgt dafür, dass die Hausaufgaben kurz unterbrochen werden. Dies könnte zum Beispiel „Pause“ sein. Sobald einer dieses Codewort benutzt, wird eine kleine Pause eingelegt.
- Falls Wut oder Tränen kommen, gehen alle kurz eine Runde vor die Tür und beruhigen sich.

Es ist wichtig, dass Ihr Kind die Regeln kennt und diese auch konsequent umgesetzt werden. Für das Kind ist die Erfahrung wichtig, dass es sinnvoll sein kann, in angespannten Momenten eine kurze Pause einzulegen und danach wieder weiterzumachen. So können Sie dem Stress entgegenwirken, und auch für Ihr Kind werden die Hausaufgaben nicht mehr zur Stressfalle.

Kinderernährung richtig gemacht

Essen ist ein existenzielles menschliches Bedürfnis und etwas völlig Natürliches. Vor allem für Kinder ist jedoch eine abwechslungsreiche und vollwertige Ernährung die absolute Grundlage, um sich gut und gesund entwickeln zu können. Aus den unterschiedlichsten Gründen kann es aber immer wieder zu einem falschen Essverhalten kommen: So essen Kinder zum Beispiel zu üppig, andere wiederum zu wenig, wieder andere greifen zu den falschen Nahrungsmitteln.

In der heutigen Zeit leiden immer mehr Menschen an Essstörungen, darunter erwachsene Personen, aber leider auch immer mehr Kinder und Jugendliche! Ein gestörtes Essverhalten kann aber die Gesundheit und auch das soziale Leben negativ beeinträchtigen. Prävention ist hier also das zentrale Stichwort. Kinder, die gut ernährt werden und über die Tagesmahlzeiten alle essenziellen Nährstoffe aufnehmen, sind glücklicher und deutlich gesünder, denn:

- Sie haben eine bessere Leistungsfähigkeit.
- Ihr Körper spricht wesentlich besser auf medizinische Behandlungsmaßnahmen an.
- Sie entwickeln sich körperlich und auch geistig besser.
- Sie haben mehr wertvolle Muskelmasse.
- Sie profitieren von einer besseren Wundheilung.
- Sie haben ein größeres Wohlbefinden und bessere Laune.
- Sie sind voller Energie.
- Sie haben ein gesundes Immunsystem, dass Krankheitserreger effizient abwehren kann.

Essstörungen gehören zu den häufigsten Gründen für einen Kinderarztbesuch. Einige Kinder sind sehr wählerisch, wenn es um das Essen geht, andere kämpfen vielleicht mit einem Infekt und werden deshalb zu „schlechten Essern“.

Erschreckend ist, dass zum Beispiel rund drei bis vier Prozent aller neugeborenen Kinder bereits an einem falschen Ess- beziehungsweise Ernährungsverhalten leiden. In dieser frühen Kindheit wird jedoch noch nicht von einer Essstörung gesprochen, denn Säuglinge essen noch nicht selbstständig. Hier sprechen Experten von einer „Fütterstörung".

Insbesondere in den ersten Lebensjahren kann es immer wieder mal zu einem problematischen Essverhalten kommen. Hier sollten Sie aber keine Angst haben! In den allermeisten Fällen steckt noch die Angst vor dem Neuen und dem Unbekannten dahinter. Bleiben Sie gelassen und versuchen Sie, Ihr Kind langsam und liebevoll an die Welt der Nahrungsmittel heranzuführen.

Ermutigen Sie das Kind immer wieder dazu, Lebensmittel zu probieren. Auch wenn es schon einmal etwas probiert hat und es nicht geschmeckt hat, können Sie es einige Wochen später nochmals versuchen, denn der Geschmackssinn des Kindes entwickelt sich ständig weiter. Häufig schmecken dann Lebensmittel, die früher keinen Anklang gefunden haben.

Bieten Sie also immer wieder an, aber machen Sie keinen Zwang daraus. Zwingen Sie Ihr Kind vor allem nicht, den Teller leer zu essen, denn sonst kann es zu massiven Trotz- und Abwehrreaktionen kommen.

Sehr viele Eltern fragen sich jedoch immer wieder, wie sie denn ein falsches Essverhalten beim eigenen Kind überhaupt erkennen können. Ein ernstzunehmendes Problem liegt vor, wenn:

- Kinder ohne erkennbare physische Ursache die Nahrungsaufnahme abbrechen.
- Kinder aus ärztlicher Sicht zu wenig essen und ein zu niedriges Körpergewicht haben.
- Deutliche Anzeichen auf eine Essstörung hinweisen, so zum Beispiel, wenn Kinder heimlich essen oder sehr viel über Essen nachdenken.
- Kinder nicht altersgemäß zunehmen oder wachsen.
- Kinder drastisch an Gewicht verlieren und ihren dünnen Körper immer wieder unter weiten Kleidungsstücken zu verstecken versuchen.

Mit folgenden Tipps lässt sich jedoch ein richtiges Essverhalten bei Kindern fördern:

- Die Hauptmahlzeiten sollten Sie unbedingt einhalten.
- Beim Essen wird nicht ferngesehen und auch das Smartphone wird weggelegt. Essenzeiten sind unbedingt Familienzeiten, denn das stärkt zugleich das Zusammengehörigkeitsgefühl.
- Kinder sollen in ihrem eigenen Tempo essen dürfen.
- Am Tisch sollte nicht gespielt werden. Nach der Mahlzeit ist dafür noch ausreichend Zeit.
- Zwischen den Mahlzeiten sollte nicht gesnackt werden. Zudem sollte nicht zuckerreich getrunken werden. Am besten sollten Sie Ihrem Kind ungesüßte Tees oder Wasser anbieten.
- Stärken Sie das Selbstbewusstsein und das Selbstwertgefühl Ihres Kindes, denn das ist ein zentraler Schritt in der Prävention von Essstörungen.
- Wecken Sie bereits frühzeitig den Blick für die eigenen Fähigkeiten und Talente.
- Bringen Sie Ihrem Kind schon früh bei, mit Niederlagen umzugehen und keinen falschen Trost im Essen zu suchen. Misserfolge und Niederlagen sind kein Weltuntergang, sondern vielmehr eine Chance, sich weiterzuentwickeln und persönlich zu wachsen.
- Fördern Sie ein gesundes Körperbewusstsein bei Kindern. Das ist vor allem für Jugendliche besonders wichtig. Klären Sie Ihr Kind über die körperlichen Veränderungen auf und erklären Sie ihm die Gefahr von Radikaldiäten. Vermitteln Sie dem Kind, dass die Idole aus Zeitschriften und Fernsehen keine erstrebenswerten und oftmals keine realen Vorbilder sind.

- Versuchen Sie, Übergewicht bei Kindern zu vermeiden. Eine gute Ernährungsweise und ein regelmäßiger Mahlzeitenrhythmus sind hier das A und O.
- Bestechen Sie Ihr Kind nie mit Essen, wenn es etwas gut oder auch falsch macht.
- Seien Sie ein gutes Vorbild für Ihr Kind und vermitteln Sie eine gute Einstellung zum eigenen Körper. Nehmen Sie einen gesunden Standpunkt ein, wenn es um zentrale Fragestellungen wie etwa Diät, Gewicht oder Ernährung geht.

Schlusswort

Vielen Dank, dass Sie sich die Zeit genommen haben, dieses Buch zu lesen. Hoffentlich konnten Sie viele wertvolle Erkenntnisse für Ihren eigenen Erziehungs- und Familienalltag sammeln. Geduld, Empathie und Achtsamkeit sind zentrale Stichworte. Es geht auch ohne Strafen und Schreien, Schimpfen und Toben, und genau dazu möchte dieser Ratgeber Sie befähigen.

Es gibt kein allein gültiges Rezept für die Erziehung eines Kinders, und jeder Elternteil versucht, sein Bestes zu geben. Wichtig ist bei allem aber immer ein liebevoller, respektvoller und wertschätzender Umgang mit dem Kind, denn nur so wird es später ein glücklicher Erwachsener werden, der Beziehungen eingehen kann und mit einem hohen Selbstwertgefühl durch das Leben geht.

Es gibt hier kein Richtig oder Falsch, denn jedes Kind ist einzigartig und besonders zugleich. Sie sollten jedoch immer versuchen, auf Ihr Kind einzugehen und die richtigen Methoden zu wählen, die zum Charakter des Kindes passen.

Ich wünsche Ihnen, dass Sie Ihrem Kind durch diesen Ratgeber einen respektvollen, achtsamen und wertschätzenden Umgang mit seinen Mitmenschen mit auf den Weg geben können. Sie sind als Elternteil eine maßgebliche Vorbildfunktion und können somit vom ersten Tag an dafür sorgen, dass das Leben Ihres Kindes einen positiven Weg einschlägt. Sie können als Mutter oder Vater Ihrem Kind keine Erfahrungen abnehmen - weder positive noch negative. Das Kind muss diese selbst erleben. Doch Sie können es dabei liebevoll begleiten und ihm eine wahre Stütze im Leben sein.

Ich hoffe zudem, dass Ihnen dieses Buch helfen kann, Ihr Kind besser zu verstehen, damit Sie in vielen Situationen achtsamer aufeinander eingehen können und somit Stress und Schimpfen kein Thema mehr sind.

Ich wünsche Ihnen viel Erfolg und eine gute und schöne Familienzeit!

Rechtliches und Impressum

Die Inhalte dieses Buches wurden anhand von anerkannten Quellen recherchiert und mit hoher Sorgfalt geprüft. Der Autor übernimmt dennoch keinerlei Gewähr für die Aktualität, Richtigkeit und Vollständigkeit der bereitgestellten Informationen. Haftungsansprüche gegen den Autor, welche sich auf Schäden gesundheitlicher, materieller oder ideeller Art beziehen, die durch die Nutzung oder Nichtnutzung der dargebotenen Informationen bzw. durch die Nutzung fehlerhafter und unvollständiger Informationen verursacht wurden, sind grundsätzlich ausgeschlossen, sofern seitens des Autors kein nachweislich vorsätzliches oder grob fahrlässiges Verschulden vorliegt. Dieses Buch ist kein Ersatz für medizinische und professionelle Beratung und Betreuung.

Dieses Buch verweist auf Inhalte Dritter. Der Autor erklärt hiermit ausdrücklich, dass zum Zeitpunkt der Linksetzung keine illegalen Inhalte auf den zu verlinkenden Seiten erkennbar waren. Auf die verlinkten Inhalte hat der Autor keinen Einfluss. Deshalb distanziert der Autor sich hiermit ausdrücklich vonmallen Inhalten aller verlinkten Seiten, die nach der Linksetzung verändert wurden. Für illegale, fehlerhafte oder unvollständige Inhalte und insbesondere für Schäden, die aus der Nutzung oder Nichtnutzung solcherart dargebotener Informationen entstehen,
haftet allein der Anbieter der Seite, auf welche verwiesen wurde, nicht aber der Autor dieses Buches.

READERS ROUND

Kontakt: W&W / Obere Schmiedgasse 28 / 90403 Nürnberg

Bildquellenverzeichnis

www.Unsplash.com / 12.2020

John Mark Smith / Kelli McClintock / Aliaksei / Nikko Macaspac / Jason Rosewell / Sai de Silva / Nathan Dunlao / Gita Krishnamurti / Davide Ragusa / Annie Spratt / Markus Spiske / Benjamin Wedemeyer / Sincerely Media / Sebastian Leon Prado / Juan Cruz Mountford / Anastasiia Rozumna / Jessica Lewis / k8 / Tong Nguyen / Jimmy Dean / Juliane Liebermann / Jordan Whitt

Printed in Poland
by Amazon Fulfillment
Poland Sp. z o.o., Wrocław

70108153R00065